Corazón libre

Lilian Darcy

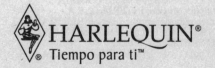

HARLEQUIN®
Tiempo para ti™

NOVELAS CON CORAZÓN

Editado por HARLEQUIN IBÉRICA, S.A.
Hermosilla, 21
28001 Madrid

I.S.B.N.: 84-396-9186-6
Depósito legal: B-39821-2001
Editor responsable: M. T. Villar
Diseño cubierta: María J. Velasco Juez
Fotomecánica: PREIMPRESIÓN 2000
C/. Matilde Hernández, 34. 28019 Madrid
Impresión y encuadernación: LITOGRAFÍA ROSÉS, S.A.
C/. Energía, 11. 08850 Gavá (Barcelona)
Fecha impresión Argentina:12.3.02
Distribuidor exclusivo para España: LOGISTA
Distribuidor para México: INTERMEX, S.A.
Distribuidores para Argentina: interior, BERTRAN, S.A.C. Vélez
Sársfield, 1950. Cap. Fed./ Buenos Aires y Gran Buenos Aires,
VACCARO SÁNCHEZ y Cía, S.A.
Distribuidor para Chile: DISTRIBUIDORA ALFA, S.A.

Capítulo 1

V A EN SERIO, papá? –preguntó Rebecca Irwin en voz baja.

Marshall miró a su hija a los ojos desde el otro lado del mostrador de recepción del consultorio médico donde ambos trabajaban. Rebecca tenía unos ojos azules e inteligentes.

La pregunta lo había pillado desprevenido, sobre todo en ese momento. El habitualmente bullicioso consultorio de Sidney estaba en silencio, puesto que el personal se había marchado ya a casa.

La enfermera Aimee Hilliard había sido la última persona en abandonar la clínica, hacía tan solo un par de minutos, y Marshall y su hija se habían quedado solos. Marsh planeaba llamar por teléfono a Aimee esa noche, y estaba seguro de que ella se alegraría de oír su voz. No sería la primera vez que la llamaba de noche, aunque se estuviera tomando las cosas con tranquilidad...

–Aún no lo sé –le contestó a Rebecca–. Estoy empezando a pensar que tal vez sí. Yo... –Marshall vaciló; era una persona reservada–. En realidad, me gustaría que así fuera.

Rebecca emitió una exclamación entrecortada.

–¡Papá! ¿Qué diantres... ?

Parecía horrorizada. Marshall sintió que se ponía

tenso. Su hija lo miraba con la boca abierta y los ojos como platos.

—Vamos a dejar esto bien claro —dijo Rebecca despacio—. Estoy hablando de el resultado de los análisis de la señora Deutschkron.

—¿De la señora... ?

—Ahí están —señaló—. En los informes de patología que tienes debajo de la mano; y el suyo es el de arriba. Vi su nombre hace unos minutos, cuando Bev te los pasó.

—Aún no los he leído —confesó Marshall.

—¿Entonces de qué estabas hablando? —preguntó Rebecca en tono de acusación.

Marshall se puso colorado, y se sintió culpable y avergonzado, como un niño al que hubieran sorprendido robando caramelos.

—De nada importante.

Pero ella no se lo tragó.

—Vamos a ver. Aún no lo sabes. Estás empezando a pensar que podría ser, y te gustaría que así fuera —Rebecca hizo una pausa—. Papá, te referías a Aimee, ¿verdad?

—Sí —asintió con brevedad—. Pensaba que te estabas refiriendo a eso.

Se produjo un incómodo silencio.

—En realidad, llevo un tiempo dándole vueltas.

Estaba de pie junto a la puerta, deslizando los dedos por los bordes de la persiana de lamas de una manera muy fastidiosa. Al menos a Marshall le parecía fastidiosa. Resultaba aceptable estar fastidiado con una hija recién casada y embarazada que no dejaba de hacer preguntas perspicaces.

Solo que, recordó que ella no le había preguntado

por sus sentimientos hacia Aimee Hilliard. Marshall había supuesto tal cosa por lo que él había estado pensando en ese momento, y como resultado se había visto obligado a hablar de su relación.

–Pero aún no has dicho nada –lo acusó Rebecca con suavidad.

–Porque no hay nada que decir –soltó Marshall, sintiéndose totalmente acosado ya.

–¡Rebecca, por favor, no pongas esto a analizar bajo ese microscopio que tienes por mente!

–¿Microscopio?

Él la ignoró.

–Ojalá no hubiera salido el tema. No sé lo que está ocurriendo. No sé lo que siente ella. He perdido práctica en estos...

–Sabes que lo único que me interesa es tu...

–Sí, sí, lo sé –Marsh intentó tranquilizarse, recordando que desde que se había quedado embarazada su hija estaba más sensible y emocional.

Tanto él como Harry, su hijo político, habían intentado sin éxito que Rebecca aminorara un poco la marcha.

–Lo siento –se disculpó–. Todo esto es culpa mía. ¿Puedes aceptar que aún no estoy listo para hablar de ello, y que cuando lo esté, si llego a estarlo y si hay algo concreto que decir, serás la primera en saberlo?

Ella asintió y sonrió.

–Por supuesto, papá.

Pero el gesto que siguió a la sonrisa le dio a entender que no lo había perdonado por lo del «microscopio», o tal vez por el hecho de que en su vida estaba pasando algo importante y él no había dicho ni pío.

–Será mejor que me marche ahora –anunció Rebecca con cierta brusquedad–. Harry iba a ver a un paciente de camino a casa, y le dije que llegaría yo primero y empezaría a hacer la cena. Si no me encuentra en casa cuando llegue se preocupará. Hasta mañana, papá.

Marshall oyó sus enérgicos y jóvenes pasos bajando las escaleras de cemento que conducían hasta la calle. A los pocos minutos volvió el silencio.

Rebecca lo protegía demasiado, ese era el problema. Había sido así desde hacía años, en realidad desde que su madre había muerto cuando Rebecca tenía solo quince años. Y ya habían pasado trece años. Trece años...

Durante mucho tiempo Marshall había estado sumido en un tremendo dolor por la muerte de Joy, y había sido Rebecca la que había mantenido unida a la familia, la que lo había ayudado a satisfacer las necesidades de su hermano de diez años, Simon, y la que los había cuidado de mil maneras distintas.

Tres años atrás, finalmente se había sentido preparado para pensar en volver a casarse; pero su elección, basada más en la conveniencia que en el amor, había sido desastrosa. Le había pedido matrimonio a la mujer que se ocupaba de la casa y que era diez años menor que él, pero ella, en lugar de rechazarlo cortésmente, había reaccionado como si él la hubiera acosado sexualmente, y Marshall se había sentido muy mal por haberlo interpretado tan mal.

Distraídamente, Marshall echó un vistazo a los informes de patología que tenía delante. Rebecca quería saber si el pronóstico de la señora Deutschkron era grave. Levantó la hoja y estudió los detalles, y al momento tuvo la respuesta a la pregunta de su hija; una respuesta que repentinamente eclipsó la preocupación de Marshall por la actitud de Rebecca hacia su incipiente relación con Aimee Hilliard.

Era grave. Mucho más grave de lo que él había pensado. Hilde Deutschkron se había hecho pruebas la semana anterior porque se sospechaba que pudiera tener un cáncer, pero lo cierto era que la señora Deutschkron estaba bastante en forma y no se quejaba de ningún síntoma. Marshall había esperado que cualquier quiste encontrado por los cirujanos resultara ser algo muy localizado y fácil de tratar, y que la señora Deutschkron se curara del todo.

Sin embargo, los resultados del departamento de patología del Hospital Southshore eran inequívocos. La mujer tenía un cáncer de hígado, pero el tumor principal no estaba localizado, lo cual quería decir que tenía metástasis por todo el cuerpo. No había esperanza de una cura ni de que sobreviviera. Como mucho, la quimioterapia podría alargar la vida de la paciente durante unos meses. Muchas personas, en tales circunstancias, preferían no someterse a tratamiento alguno.

Normalmente era labor del cirujano comunicarle esas cosas al paciente, pero como él la conocía desde hacía tanto tiempo, haría lo que ya había hecho en una o dos ocasiones y llamaría al cirujano para sugerirle que él le diera la noticia a la señora Deutschkron. No era plato de buen gusto para ningún médico, pero Marshall sintió que se lo tomaría mejor si se lo decía él.

Hilde Deutschkron había sido paciente de aquel consultorio desde antes de empezar él a trabajar allí, y ya llevaba veinte años. El doctor Rattigan, ya jubilado, había traído al mundo a sus tres hijos. Su marido también había sido paciente del consultorio, hasta que seis años atrás había muerto de un fallo cardiaco.

En casa, una hora más tarde, la enorme vivienda le pareció demasiado grande para una sola persona. Simon seguía estudiando en Estados Unidos. Había conocido a una chica americana y ya estaban saliendo en serio. Lo más probable sería que acabara estableciéndose allí permanentemente.

Rebecca y Harry vivían muy cerca, en Surry Hills, pero aunque en un tiempo sus futuros nietos fueran a visitarlo, Marshall no necesitaba tanto espacio. ¿Debería venderla y buscarse otro sitio más pequeño?

Una de las grandes ocasiones de la vida, una decisión que tomar; como tendría que hacer Hilde Deutschkron muy pronto, solo que su decisión era mucho más grave.

Descolgó el teléfono y marcó el número de Aimee. ¿Qué diría si supiera que se sabía los ocho dígitos ya de memoria? ¿La complacería? ¿Se sabría ella acaso su número?

Aimee contestó enseguida.

–¿Aimee? Soy Marshall. Lo siento, iba a sugerirte que tomáramos un café más tarde. Creo que quedamos en eso el domingo, ¿verdad? Pero no estoy demasiado animado esta tarde, me temo. El informe de Hilde Deutschkron no ha sido bueno...

–¡Ay, no!

Marshall le contó los detalles.

–Y, bueno, como te he dicho, no estoy demasiado animado...

–No importa. Claro. Lo entiendo perfectamente. Tal vez un paseo o un poco de ejercicio te sentaría bien.

–Sí, buena idea –dijo, y momentos después colgó el teléfono.

–¿Oye, Marshall, preferirías que yo... ? –empezó a decir Aimee.

Demasiado tarde. Marshall había colgado ya. Apartó el auricular de la oreja y se quedó sentada en su silenciosa casa durante unos minutos, intentando animarse y decirse a sí misma que no debía estar decepcionada, intentando volver a sentir la misma alegría que había sentido el fin de semana que acababan de pasar juntos en la estación de esquí de Perisher. Una pareja había tenido que cancelar un viaje que unos amigos de Marshall habían organizado, y Marshall había invitado a Aimee para que se quedaran con las dos habitaciones libres que ya estaban reservadas. Se lo habían pasado de maravilla en las pistas y con los cuatro amigos de Marshall. Además de todo eso, había sentido que con Marshall sus sentidos despertaban de un modo ya olvidado, algo que no había experimentado desde... ¿Desde cuándo? ¿Desde los veinte años? Aimee tenía el presentimiento de que lo que había entre ellos era algo importante.

Y Aimee tenía la certeza de que Marshall había sentido lo mismo. Ambos habían experimentado una atracción física que llevaba mucho tiempo dormida.

El rápido y tierno beso que Marshall le había

dado en la mejilla después de ayudarla a meter el equipaje en casa, aún parecía hacerle cosquillas en la piel.

–Me estoy enamorando de él –dijo Aimee en voz alta–. Me estoy enamorando de él como una chiquilla.

Era maravilloso, y al mismo tiempo aterrador. Ella tenía cincuenta años y él uno más. Ambos tenían hijos ya mayores, y cada uno de ellos una hija que pronto les haría abuelos por primera vez.

Tal vez por eso fuera bueno que él no hubiera querido salir esa noche. ¡Tenía que bajar de las nubes y poner los pies en el suelo!

Y eso fue precisamente lo que hizo durante la hora y media siguiente. Estuvo haciendo algunas tareas de la casa. Se preparó una tortilla de champiñones para cenar y fregó los platos inmediatamente. Llamó a su hijo Thomas, que iba a estar tres meses en Cairns haciendo un trabajo de campo, y después a su hija Sarah, que lo estaba pasando muy mal con su primer embarazo, a pesar de estar en ese momento al final del segundo trimestre.

Entonces, después de hablar con su hija, Aimee lo estropeó todo sirviéndose un vaso de vino blanco, soltándose el cabello, apagando todas las luces menos la de la lámpara de cristal emplomado, y bailando con los ojos cerrados al compás de las canciones de una cinta que le había grabado Sarah de Elvis Presley, Roy Orbison y los Rolling Stones.

¿Además, cuánto eran cincuenta años? ¡No era vieja en absoluto! Era más joven que Mick Jagger. Y acababa de pasar el fin de semana esquiando, por amor de Dios.

Entonces oyó el timbre de la puerta. Tal vez llevara un rato sonando. No tenía sentido escuchar a los Rolling Stones si no se hacía con el volumen bien alto.

Con la copa de vino medio vacía en la mano y la melena de cabello plateado flotándole por la espalda, Aimee fue hacia la puerta, casi esperando que fuera Gordon Parker, el vecino de la casa de enfrente, para quejarse por la música.

Gordon solo era un año o dos mayor que ella, pero siempre estaba protestando de la juventud, y cada vez que lo oía hablar así Aimee sentía deseos de defender a sus hijos, Sarah, Thomas y William, su hijo pequeño, que no eran en absoluto ni vagos ni indisciplinados.

Abrió la puerta.

—Esto... —balbuceó Marshall.

Aimee se quedó boquiabierta.

—¡Marshall! Pasa...

Tenía un aspecto tremendamente atractivo, increíblemente masculino y mucho mejor que Mick Jagger. Se dio cuenta de que había estado corriendo, porque estaba un poco sofocado. La camiseta azul marino se ceñía a su musculoso tórax y los pantalones cortos y sueltos de algodón dejaban ver unas piernas que no eran extrañas al ejercicio. Las tenía morenas, fuertes y cubiertas de vello oscuro. Solo quedaban dos semanas para el conocido maratón anual de Sidney, en el cual Marshall participaba todos los años.

En el consultorio, normalmente llevaba gafas. A Aimee le gustaba el aire experimentado e intelectual que le daban las lentes de montura rectangular. En ese momento no las llevaba, y Aimee pensó que sus ojos, de un azul turquesa, le gustaban más así, sin las gafas.

–¿Puedo pasar? –le preguntó con incertidumbre–. Parece como si estuvieras...

¿Celebrando una fiesta? ¡Oh, Dios mío, qué vergüenza!

–No... –dijo Aimee–. Bueno, estaba, pero...

–¿Cómo?

–¡Por favor, pasa! –prácticamente lo arrastró con las dos manos–. Solo estaba... bailando, eso es todo.

Paint it Black terminó y empezó a sonar *Pretty Woman*. Marshall la siguió por el pasillo.

–¿Bailando? –sonrió–. ¿Tú sola?

–Lo sé. Es...

–¡Es maravilloso! Sencillamente maravilloso, Aimee –repitió en voz baja.

Antes de que ella se diera cuenta le quitó la copa de la mano, la dejó sobre una mesita y se volvió hacia ella. Entonces le agarró las dos manos y empezó a balancearse al ritmo alegre y pegadizo. Se le daba bien, pensó Aimee, y bailaba con naturalidad.

–¿Lo haces a menudo? –le preguntó Marshall.

–¡No! –Aimee negó con énfasis–. Pero muchas veces pienso que debería hacerlo más veces. Cuando lo hago, me siento tan bien. No es porque me sienta sola, la verdad, y es tan divertido. Y normalmente llamo a Sarah después, y además William se marchó de casa hace poco, a primeros de año.

–¿Se ponía a bailar contigo?

–¡No, se reía de mí! Pero de buen talante. Piensa que los Rolling Stones están muy anticuados. A él le gusta Radiohead, Smashing Pumpkins y Powderfinger.

–¡Pero qué bien te sabes los nombres!

La cinta de Sarah terminó, y el silencio que siguió fue demasiado repentino.

–Ah –dijo Aimee para romper el silencio; estaba más sofocada que Marshall después de correr.

–Tenía que venir –dijo él de repente en tono serio.

Ella lo miró alarmada.

–No –se apresuró a contestarle–. No ha ocurrido nada. Pero cuando te dije que no estaba muy animado para salir por lo del pronóstico de la señora Deutschkron, me di cuenta de que... Vaya, esto no va a salir bien... Me di cuenta de que por esa misma razón quería verte. ¡Diantres!

–¿Marshall?

–Tenía razón. No suena como un elogio, ¿verdad? Que me sintiera mal y quisiera compartirlo contigo, y que decidiera incluir tu casa en la ruta que hago a diario corriendo. Ay, pero, Aimee, no quiero perder más tiempo con explicaciones. ¡No quiero! Lo que de verdad deseo es esto...

Lentamente, la estrechó entre sus brazos con gracia y delicadeza, como si fuera algo que llevara mucho tiempo sin hacer, pero de lo que estaba convencido que deseaba en ese momento.

Aimee, que se dejó abrazar, tampoco tenía dudas. Su cuerpo y su corazón respondieron con más fuerza de la que se creía capaz. El corazón le latía vigorosamente, y le pareció que respiraba con dificultad. Ambos estaban algo sudorosos, ambos vestidos con ropa suave que se ceñía a sus cuerpos.

Pero antes de que le diera tiempo a pensar en los lugares en los que sus cuerpos se rozaban ya, él empezó a besarla. Y no fue como el beso cortés y anticuado que le había dado el domingo por la noche junto a la comisura de los labios, sino un beso de lo más ardiente y auténtico.

¡Fue... maravilloso! Y al poco fue algo más que un beso. Después Aimee dejó de pensar y se dejó llevar por aquel momento interminable y lleno de emoción.

Muy despacio, Marshall bajó los brazos hasta que le rodeó del todo la cintura. Le deslizó una mano por la espalda hasta rozar la curva de su trasero, aún lo bastante prieto y redondeado como para ser atractivo. Con la otra mano le acarició la espalda hasta alcanzar el hombro.

Tenía la cara un poco áspera, el cuerpo firme y aún tibio del ejercicio. Su boca la besaba con seguridad, como si de pronto hubiera recordado que eso era algo que se le daba bien.

¡Y vaya si se le daba bien! Hasta ese momento, Aimee no había caído en la cuenta de que besar era un arte como otro cualquiera, y de que algunas personas lo poseían al cien por cien.

También Marshall demostró tener mejor memoria que ella, porque cuando finalmente se separaron, él le preguntó:

—¿Entiendes ahora lo que es un elogio, Aimee?

Aimee no tenía idea de lo que estaba hablando. ¡Por supuesto que el beso era un elogio!

—Me refiero a cuando te he dicho que tenía que venir —le explicó, al ver su expresión confusa—. No lo planeé. Me puse a correr en esta dirección, y me resultó imposible no bajar a tu calle y presentarme a tu puerta para pedirte que me invites a una taza de té.

–Aún no me lo has pedido.

–¿Puedo hacerlo ahora? El asunto de la señora Deutschkron me tiene muy preocupado.

–¡Oh, Marshall! –le retiró un mechón de pelo negro canoso de la frente–. ¡Por supuesto! Cuánto lo siento. Y yo aquí, bailando como una loca.

–No te disculpes –contestó Marshall–. Apenas la conoces, y probablemente no sepas nada de su historial médico.

–Es cierto.

Marshall abrió la boca, pero enseguida la cerró.

–Pero no vamos a hablar de eso esta noche. No he venido aquí para eso. En realidad solo quería... –hizo una pausa, y entonces la miró a los ojos–, solo quería estar contigo, Aimee.

–Me alegro –consiguió decir sin aliento–. Pasa, y yo iré a preparar el té.

Se sentaron juntos en la espaciosa cocina, charlaron de un montón de cosas y bebieron té mientras se calentaban las manos y los pies delante de una vieja chimenea eléctrica.

Aimee la había heredado de su abuela y le tenía cariño; además, funcionaba de maravilla y le gustaba por razones prácticas. Las noches de julio en Sidney podían ser de lo más frías.

A Marshall pareció gustarle. Estiró las piernas desnudas y se pegó a la chimenea. Cuando finalmente se le ocurrió mirar el reloj se quedó boquiabierto.

–¡No pueden ser ya las diez!

–Lo sé –concedió Aimee–. Pero lo son. Te llevaré a casa.

–No...

–Sí, por favor.

–Bueno, la verdad es que no tengo ganas de volver corriendo, ahora que tengo las piernas tan calientes y relajadas.

En los cinco minutos que duró el trayecto hasta su casa, hablaron todo el rato del tiempo que hacía.

A la puerta de la elegante y vieja casa de Marshall, él la besó brevemente, pero no le pidió que pasara.

De vuelta a casa, Aimee intentó analizar lo que sentía, y finalmente concluyó que aún era pronto.

Pensó en los veintisiete años que había estado casada con Alan. Había sido una unión relativamente feliz. Se había casado a los veinte años con demasiadas ilusiones. Más adelante, habían capeado algunas desilusiones, algunas épocas de frialdad, algunas diferencias a las que nunca se habían enfrentado en realidad. Ese tipo de cosas alteraba la perspectiva de una mujer, le hacía cambiar.

Ninguno de los dos llegaba sin equipaje, pensó Aimee. Matrimonios anteriores, dolor, problemas económicos. En la fase en la que Marshall y ella estaban, no resultaría muy difícil conseguir que todo ello pareciera lo menos conveniente, o tal vez difícil.

Cuando entró en casa vio que el aparato de música seguía encendido. Lo apagó. Esa noche no habría más baile. Era hora de irse a la cama.

Capítulo 2

LO SIENTO..., pero me voy a entrometer –dijo Rebecca.

–Adelante –la invitó Marshall.

Se había olido aquello cuando ella le había pedido que comieran juntos, pero él había aceptado la sugerencia con expresión inocente y propuesto el restaurante asiático local para comer. En ese momento, Rebecca jugueteaba con los tallarines con verduras mientras hacía un gran esfuerzo por mostrarse tranquila y agradable.

Esperó mientras ella escogía las palabras, y se preguntó con cierta curiosidad cómo iba a reaccionar a lo que ella tuviera que decirle.

–Es acerca de Aimee, ¿verdad? –le dijo.

–Sí –aún no había tocado la comida–. No es que me disguste, papá. Tú sabes que no es eso. Parece muy agradable y, además, la conozco desde hace más tiempo que tú, ya que nos conocimos cuando las dos trabajábamos en el Centro Médico de Southshore.

–Pero...

–Solo... ten cuidado. A lo mejor no necesitas que yo te lo diga. Seguramente no. Eres un hombre sensato y experimentado.

–¡Vaya, gracias!

–Pero sé lo duro que puede resultar cuando dos personas trabajan juntas. Harry y yo estuvimos a punto de cortar un par de veces. Bueno, más de un par. Y no sois dos jóvenes amantes sin preocupaciones que...

–No somos amantes –Marsh la interrumpió, sintiendo de repente la necesidad de reafirmarse.

No era un imbécil cuando se trataba de las relaciones con otras personas, y además era un hombre reservado. Aquel asunto era solo de su incumbencia.

El evidente nerviosismo de su hija, y el hecho de que de repente empezara a engullir los tallarines con entusiasmo, le produjo cierta satisfacción.

–Entiendo lo que quieres decirme, Rebecca –continuó–. Y, por supuesto, tienes razón. Hasta cierto punto, claro. Sí, tenemos más cosas a tener en cuenta que una pareja de veinte años. Pero espero, como bien tú dices, que tengamos también más sentido común. Aún no estoy seguro de lo que está pasando, y no quiero que esto se convierta en el tema de conversación principal del consultorio.

–¡Por supuesto que no! No diré una palabra. Ni siquiera a Harry, si tú no quieres –prometió exageradamente.

–Pues sí, en este momento, preferiría eso.

Asintió y vio que su hija lo miraba con sorpresa. Ella no había esperado que él aceptara su oferta de no contárselo a su marido, pero en ese momento no quería que nadie hablara de lo suyo con Aimee, ni siquiera Rebecca con su marido.

Todo el consultorio se había enterado de que habían pasado el fin de semana juntos. Pero él lo había presentado como en esencia había sido, un grupo de amigos disfrutando de los deportes de invierno, no un encuentro romántico.

—Sabes que solo te lo digo porque te quiero, papá —dijo Rebecca en tono tierno.

Marshall lo sabía. También, recordó con cierto sentido de culpabilidad, él se había entrometido en la relación de su hija con Harry por las mismas razones.

—¿Cambiamos de tema? —sugirió Marshall, y Rebecca acogió la sugerencia con una sonrisa.

Más tarde, mientras volvían juntos al consultorio, Marshall se preguntó si ella se daba cuenta del modo tan despiadado en que sus palabras trastornaban su equilibrio interior. Él sentía también el mismo temor que su hija ante aquello que tan inesperadamente había surgido en su vida. Rebecca no tenía ningún derecho a acusarlo de ser descuidado.

Su primera paciente de la tarde era Joan Allyson, una mujer de cincuenta y ocho años.

—¿Cómo estás, Joan? —la saludó al tiempo que la mujer se sentaba frente a él.

—Espero que en forma —contestó.

Y desde luego así parecía. Tenía el cabello corto y canoso, la figura dinámica, y unos bonitos pendientes color rojo que hacían juego con el traje de chaqueta y pantalón. Había ido directamente desde el trabajo, y tenía que volver después de la consulta.

—Solo he venido para hacerme mi chequeo anual.

Hacía siete años que Joan había dejado la bebida. Después de muchos problemas de salud y de perder su empleo, Joan había finalmente acudido a Marshall por propia voluntad y le había pedido ayuda. Marshall le había recetado un fármaco que unido a la toma de alcohol provocaba fuertes náuseas, y ella se había mostrado muy dispuesta a iniciar el tratamiento. Pero Marshall también le había sugerido que se apuntara a la Asociación de Alcohólicos Anónimos.

Desde entonces, Joan no había vuelto la vista atrás. En el presente, siete años después, tenía un empleo bien remunerado en la administración de la Ópera de Sidney, estaba saludable y en esa visita también tenía que darle una buena noticia.

–Espero de todo corazón que todas las pruebas salgan bien –dijo–, porque me caso dentro de seis semanas.

–¡Oh, Joan, es maravilloso! –dijo Marshall con cariño–. ¡Felicidades!

Ella esbozó una sonrisa deslumbrante, y Marshall notó que estaba feliz.

Marshall fue lo suficientemente sincero consigo mismo como para reconocer que de no haber sido por la llegada de Aimee a su vida, no se complacería tanto del júbilo que reflejaba el rostro de Joan. Pero, para ser sinceros, sí que le resultaba muy estimulante que el amor pudiera surgir con tanta pasión a los cincuenta y muchos, como en el caso de Joan.

–Es un violinista de la Orquesta Sinfónica de Sidney –continuó diciendo Joan–. Y tiene un espíritu aventurero. Nos vamos de luna de miel a África del Este. ¿Tenemos que ponernos alguna vacuna?

–Sí, creo que sí, pero tendré que consultar la información más actual –le dijo–. ¿Por qué no vuelves la semana que viene? Para entonces me aseguraré de tener aquí todo lo que necesites. Mientras tanto...

Le hizo una revisión a fondo, y le escuchó el pecho y el corazón. En unos minutos le pediría a Aimee que le sacara sangre.

–¿Hace cuánto tiempo que te hiciste la última mamografía? ¿Lo recuerdas?

Joan hizo una mueca.

–Sabía que me preguntarías eso.

–Si quieres puedo mirarlo en tu ficha.

–No, sé de sobra que me toca hacerme una.

–La unidad de mamografías del Centro Médico de Southshore sería el sitio más conveniente para ir.

–¿Tendré que esperar mucho? Me gustaría que me lo hicieran todo antes de la boda.

–No creo que haya ningún problema. ¿Pero tanto te disgusta hacértela? No duele mucho, ¿no?

–Se nota que eres un hombre –se burló–. Sí, duele bastante. La verdad es que no es un plato de buen gusto.

–Supongo que no –dijo entre risas–. Pero no te preocupes, los hombres también tenemos pruebas médicas que solo nosotros tenemos que soportar.

–Cierto –concedió Joan.

El resto de los pacientes de la tarde fueron de rutina, con algunos más interesantes que otros. Después de más de veinte años de ejercer la medicina general, Marshall estaba acostumbrado al ritmo del trabajo.

Pero había pacientes que aún le partían a uno el corazón de pena. Como Hilde Deutschkron. Había hablado con el cirujano el martes por la mañana. Ya habían pasado dos días, y Hilde había salido del hospital esa mañana como estaba previsto.

Después de la última cita del día, Marshall se

montó en el coche y fue a casa de Hilde, cerca de la playa de Bondi.

La hija de la señora Deutschkron, Marianne, fue la que le abrió la puerta. Era una atractiva morena de unos treinta y ocho años, y Marshall la había atendido unas cuantas veces en la consulta cuando aún vivía en la casa familiar. Marianne no estaba casada, y Marshall se alegró de que se hubiera tomado unos días libres para ayudar a su madre en su convalecencia. Los dos hijos de la señora Deutschkron vivían en Melbourne, y Marshall sabía que a veces se sentía sola.

–¿Cómo estás, Marianne? –dijo–. Supongo que no te acuerdas de mí...

–¡Pues claro que sí, doctor Irwin! –dijo con una firme sonrisa–. Pase, mamá está tumbada en el sofá, aunque creo que estaría mejor en la cama. No se siente demasiado bien, y está deseando escuchar su informe. ¿Tiene ya todos los resultados?

–Sí, los tengo –dijo mientras avanzaba por el oscuro pasillo–. ¿Esto, te importaría mucho preparame una taza de té?

–Por supuesto que no. ¿La quiere ahora?

–Si no te importa.

Marianne asintió, y Marshall entendió que se había dado cuenta. La alarma se reflejó en su mirada durante unos segundos. Marshall no tenía tanta necesidad de tomar un té, pero quería darle la noticia a la señora Deutschkron a solas. No dudaba de que más tarde necesitaría a su hija, pero en esos primeros momentos...

–¡Hola, señora Deutschkron! –dijo nada más entrar en el recargado salón–. Marianne dice que no se siente demasiado bien.

–¿Y acaso se sentiría usted? –le respondió débil-mente; había perdido peso desde la última vez que la había visto, antes de la cirugía, y se le notaba en lo grande que le quedaba la ropa–. Tiene algo que contarme, ¿verdad? –le salió bruscamente, con aquel acento que no había perdido en los más de cincuenta años que había pasado ya fuera de su Alemania na-tal.

–Sí, eso es –se sentó en una butaca que había a la derecha del sofá donde ella estaba tumbada y tapada con una manta de mohair–. Y me temo que no son buenas noticias.

Sabía que ella no aceptaría sus evasivas.

–¡Entonces no me tenga en vilo!

–Tiene un cáncer en el hígado, y el cirujano no ha podido localizar el tumor principal. Eso signi-fica que el cáncer no se originó en el hígado. Se le ha producido una metástasis a partir de un primer tumor en otra parte del organismo. La quimiotera-pia es una opción, pero no será una cura. Le dará unos meses más, eso es todo. Lo lamento, Hilde, pero no hay ninguna manera más fácil de decir esto.

Ella había aspirado hondo, como si entendiera la verdad, y en ese momento asentía lentamente.

–Me estoy muriendo, entonces.

–Sí. Ha sido una sorpresa para mí. ¿Ha estado sintiendo más molestias y dolor de lo que me dijo?

–¡Dolor! –dijo, quitándole importancia–. Todo es relativo, ¿no? ¿Dónde está Marianne? La ha enviado a la cocina, ¿no?

–Sí.

–Gracias...

Ambos oyeron el ruido de los armarios de la cocina abriéndose y cerrándose, el entrechocar de las tazas y platillos de porcelana.

–¿Quiere que la llame? –le preguntó Marshall.

–No, deje que espere a que hierva el agua. Así yo... iré haciéndome a la idea.

La mujer se quedó en silencio, pensativa, y él esperó, preguntándose si debería o no tomarle la mano. Pasados unos segundos decidió que ella preferiría que no lo hiciera, y Marshall no se movió.

–Veamos si puedo expresar esta situación con más exactitud.

–Por supuesto, Hilde. Pregúnteme lo que quiera, cualquier cosa...

–Tengo setenta y dos años. Me estoy muriendo de un cáncer que se me ha extendido por todo el cuerpo. Puedo elegir que la muerte llegue pronto... ¿Cómo de pronto?

–Unos cuantos meses –respondió Marshall–. Tres o cuatro, tal vez. Es difícil de saber.

–O bien, si me doy quimioterapia, puedo vivir más tiempo. ¿Cuánto más?

–Tres o cuatro meses más. Lo siento, es muy difícil ser más específico. Cada persona es diferente.

–La quimioterapia me revolverá el cuerpo.

–Probablemente.

–Y perderé el pelo –se llevó la mano al moño canoso que tenía en la coronilla.

–No, en realidad con este tratamiento en particular, no.

–¡Ah, una ventaja! Claro que, no es que yo tenga un pelo tan maravilloso.

Ambos sonrieron un poco. En la cocina, el hervidor empezó a silbar. La señora Deutschkron estaba en silencio.

–He luchado antes contra la muerte, sabe –dijo de repente–. En Berlín, durante la guerra, y en un lugar de Polonia que no mencionaré.

–Lo sé –Marshall asintió.

De toda su familia, ella había sido la única superviviente de aquellos terribles años en Europa, y había emigrado a Australia en 1947, cuando tenía veinte años.

–¿Pero quiero luchar contra ella ahora? Eso es lo que tengo que decidir.

Marianne entró en ese momento con la bandeja del té.

–¿Qué es lo que tienes que decidir, mamá? –preguntó.

Cuando se enteró, Marianne se echó a llorar.

–Está animando a su madre para que se someta al tratamiento, pero no estoy seguro de que sea lo mejor –Marshall le dijo a Aimee–. Como sabes, muchas personas reaccionan muy mal a los ciclos. Espero que la señora Deutschkron se sienta libre para tomar la decisión que desee.

–¿Su hija se preocupa lo suficiente por ella?

–Ah, sí, mucho. Pero eso hace que las personas a veces se comporten de manera egoísta.

–Y al contrario. También a veces sacrifican sus propios deseos y necesidades.

–Me da la impresión de que la señora Deutschkron se lo va a pensar con mucho detenimiento antes de tomar una decisión. Le he dicho que no hay prisa. Primero necesita recuperarse de la cirugía. Esperaré unas semanas antes de preguntarle si ha tomado una decisión.

—Sí, no es algo con lo que se deba meter prisa, ¿verdad?

Permanecieron en silencio un momento, y Aimee sintió la tela de la manga de la camisa de Marshall rozándole el brazo desnudo. Aunque estaban en invierno, hacía una tarde muy soleada, y Aimee se había quitado la americana, quedándose tan solo con un top de rayas negras y blancas. Como un paso de cebra. Un atuendo muy apropiado para aquella visita al zoo.

Marshall le había sugerido que, como ninguno de los dos trabajaba el viernes por la tarde, quería añadir algo más al plan de ir a cenar por la noche. Y, por supuesto, a Aimee le había parecido estupendo. Cualquier cosa con tal de pasar más tiempo con él.

El Parque Taronga debía de ser uno de los zoológicos más bellos del mundo. Situado en un terreno que descendía en ondulantes colinas hasta el puerto, cubierto de vegetación tropical, el parque tenía unas vistas extraordinarias desde algunos miradores, desde donde se veía el agua verde azulada y el constante ir y venir de los veleros en el puerto, el negro calado del puente del puerto en la distancia, y ese conocido monumento que parecía un barco con las velas izadas, pero que era en realidad la Ópera de Sidney.

—Es una pena que aquí solo vengan turistas —comentó Marshall mientras cruzaban un puente de madera en dirección a la zona de los reptiles.

—Es cierto —concedió Aimee—. No he estado aquí

desde que mis hijos eran niños, y de eso hace ya demasiado tiempo. ¿Por qué será que los habitantes de un lugar no prestan atención a las cosas buenas que tiene su ciudad?

–¿Por inercia, quizás? Nuestros sentidos y nuestra imaginación se abotargan a consecuencia de la rutina diaria. Es algo que decidí poner en práctica conmigo mismo después de la muerte de Joy... Hay que luchar por vivir cada día, no conformarse con existir. Hace algunos años traje aquí a unos primos míos de Inglaterra, y fue entonces cuando decidí implicarme con este lugar. Pertenezco a la asociación de amigos del zoo, y también soy socio patrocinador.

–Los zoos necesitan personas como tú –dijo Aimee–. Me temo que yo... tiendo a no esforzarme demasiado. Tengo mi jardín, mis hijos, y ahora mi trabajo; pero ninguna otra cosa en la que participe activamente.

–¡Tonterías, Aimee! Eres una de las personas más dinámicas que conozco, y aunque no te muestres tan apasionada por las cosas como mi hija , que Dios la bendiga, sí que estás dispuesta a hacer cualquier cosa, como por ejemplo ir a esquiar un fin de semana a las montañas. Y eres sensata, perspicaz...

–¡Basta! –protestó Aimee–. No estaba buscando eso.

–Lo sé –contestó Marshall con cierta brusquedad–, pero de todos modos quería decírtelo.

La miró un instante antes de pasar al edificio donde estaban los reptiles, y Aimee no pudo evitar percibir la intensidad de su expresión. Se derritió por dentro como si fuera chocolate caliente al ver que a él no le importaba demostrar lo que sentía.

Entonces él le dio la mano, y Aimee no pudo pensar en otra cosa que en su suavidad, el roce del hombro de Marshall contra el suyo al caminar y el seco y agradable timbre de su acento inglés.

Se quedaron tres horas en el zoo. Después la llevó a casa para que se cambiara, y la recogió una hora y media después para ir a cenar. Habían planeado esa cena en uno de los restaurantes más exclusivos del puerto de Sidney hacía ya tres semanas, incluso antes de que Marshall le sugiriera lo de la excursión a las montañas.

En ese momento sintió una intensa alegría solo de estar tan bien con él, encantada de que él compartiera con ella sus vivencias en el consultorio después de una semana de trabajo, e incluso el modo en que le robó una ostra del plato quince minutos después, cuando les llevaron los aperitivos. Marshall jamás habría hecho eso ni habría sonreído como un chiquillo si no se hubieran sentido tan a gusto juntos.

Fue una velada mágica y sofisticada. Él llevaba puesto un traje gris oscuro, una camisa color acero y corbata del mismo tono.

A ella le encantaba vestirse para él, y esa noche había elegido un vestido negro de punto fino que se ceñía a su cuerpo con suavidad, y se había recogido la pálida y plateada melena en lo alto de la cabeza. Del joyero había sacado un collar de plata y granates y unos pendientes a juego, todo ello regalo de su abuela. Para rematar se había puesto un brazalete también de plata de un fino diseño de filigrana.

Mientras tomaban el postre y las dos últimas copas de vino blanco, Marshall empezó a juguetear con la pulsera, de tal modo que ella empezó a sentir el calor de su piel. Entonces Aimee empezó a desear más... Más caricias y más compañía. Y también más de aquella conversación que tenía todo el sabor de un hombre maduro y experimentado, y a la vez nada de la rigidez y de la autocomplacencia de las que algunas de sus amigas se quejaban en sus maridos, y que Alan había empezado a mostrar poco antes de los sesenta.

Tal vez fuera porque Marshall había enviudado cuando aún no había cumplido los cuarenta. Sus dos hijos había sido sus mejores compañeros, los más cercanos a su corazón, y él había conservado ese vigor y espontaneidad de la gente joven. Esa tarde había dicho algo de esa etapa de su vida; que había sido la muerte de Joy lo que le había enseñado a vivir.

A la puerta de la casa de Aimee, media hora después, Marshall dejó el motor en marcha. Con el ronroneo del motor de fondo, Aimee se dispuso a darle las gracias y las buenas noches. Pero entonces se rebeló. Eso no era lo que ella quería. Sobre todo esa noche, después de experimentar algo tan profundo como lo que habían experimentado juntos todo ese día. Ni siquiera eran las diez de la noche, y tenían todo el fin de semana por delante.

—Apágalo, Marsh, por favor —le rogó con audacia—. Me gustaría que entraras.

—¿De verdad? —un brillo iluminó sus ojos, y le tembló un poco la voz.

—No tomamos café en el restaurante —dijo con evasivas, sintiendo que se desvanecía el coraje de momentos antes—. Podríamos charlar un poco más y...

Pero él no oyó esa última parte. Había apagado el motor y saltado del coche. ¡Oh, Dios mío! A Aimee el corazón empezó a latirle aceleradamente, y tuvo que hacer un esfuerzo para ahogar la sonrisa de placer que ya asomaba a sus labios. ¿Coraje? ¡Si ella no lo tenía, él desde luego sí!

¡Él había deseado que ella lo invitara a pasar! Y a juzgar por su rápida respuesta, lo había deseado con toda su alma. Y no parecía importarle que ella lo supiera.

Aimee salió del coche riéndose. Mientras daba la vuelta al coche, iba pensando en decirle algo divertido y tierno, pero él no le dio oportunidad de abrir la boca.

En lugar de eso, Marshall se dio la vuelta de repente y ella se chochó contra su boca. Al momento sintió que Marshall la rodeaba con sus brazos y la estrechaba contra su cuerpo. Se besaron sin reparos, y Aimee pensó que jamás había sentido nada tan emocionante en su vida. De ahí que la mayor parte del tiempo se la pasara riéndose, mientras él le dejaba un rastro de besos desde los labios hasta la clavícula.

–¿De qué te ríes? –gruñó y se quitó las gafas, que metió descuidadamente en el bolsillo de la americana.

–¡Se te da tan bien!

–Eso espero –rugió, y al momento siguiente empezó a besarla de nuevo; la devoró con tanta avidez que a Aimee empezaron a temblarle las piernas–. Lo reconozco, hace mucho que no practico, pero...

Ella se echó a reír otra vez y él la miró extrañado.

–No, de verdad, Aimee, ¿hay algo que... ?

–De verdad –susurró ella–. Tengo la sensación de estar volando, Marshall. De pronto estoy tranquilamente en tu coche, y al momento siguiente... –aspiró temblorosamente–. Es fabuloso.

–Sí, lo es, ¿verdad? –coincidió él–. Aimee, no creo que... bueno, que yo tenga los pies en la tierra más que tú en este momento.

Marshall se echó a reír con ganas y sacudió la cabeza, como si no pudiera creer que esas palabras de confesión hubieran salido de su boca. Entonces, sus labios reclamaron los de Aimee con el mismo deseo que antes, y empezó a deslizarle las manos por la redondeada curva de sus nalgas, levantándole con el movimiento el vestido de punto de seda.

–¿Entramos? –susurró Aimee sin aliento.

–Si eres capaz de abrir la puerta sin que te tiemble la mano –contestó Marshall–. Estoy seguro de que yo no podría.

Pero Aimee lo consiguió. En cuanto los dos cruzaron la puerta, Marshall la cerró con la pierna y continuó acariciándola y besándola hasta que le dejó la boca hinchada y sensible, los pechos duros y doloridos y las entrañas calientes y tiernas.

–Habíamos hablado de tomar café –jadeó Aimee.

Pero sus palabras apenas tenían sentido.

–No lo quiero –dijo él, sin parar de presionarle la boca con ardor; pero momentos después pareció rectificar en su desvergonzada respuesta–. Es decir...

Marshall dejó de besarla y carraspeó, y Aimee se echó a reír.

–Sí –dijo casi sin aliento–. Café. Por supuesto. Por eso me has invitado a pasar.

–No tiene por qué ser por eso. En realidad no ha sido por eso. Pensándolo bien, nada más lejos de mi intención –dijo en voz baja, sorprendida de su audacia.

Le resultaba imposible fingir. Los dos sabían lo que ella había querido decir, y Aimee no se había detenido ni un momento a pensar en lo que le estaba ofreciendo, ni en por qué lo hacía.

Su cuerpo. Su cama. ¿Por qué no? Era una mujer adulta y con experiencia, que confiaba en su opinión sobre los demás y en sus propios sentimientos, y él era su equivalente en hombre. No había nadie que pudiera objetar, nadie a quien pudieran hacer sufrir, y pocos riesgos físicos.

Conocía lo suficiente de él y de su vida como para saber que si había tenido alguna amante desde la muerte de su esposa, trece años atrás, y dudaba mucho de que la hubiera tenido, habría sido alguien como ella, alguien cuidadosa con esos asuntos, y no una mujer que se acostara con cualquiera.

–¿Qué dices, Aimee? –Marshall le preguntó en voz baja.

Él lo sabía. Por supuesto que sí. Pero Aimee entendió que él quería asegurarse de que ella lo deseaba de verdad, y a Aimee le encantó esa gentileza por su parte. Era lo suficientemente tradicional como para querer proteger a una mujer de cualquier arrepentimiento que pudiera sentir al final, después de dejarse llevar por el deseo.

Pero ella era lo suficientemente tradicional como para ruborizarse al pensar en expresarlo con palabras.

–No me hagas decirlo –murmuró con la mirada

llena de sinceridad–. Simplemente... tómalo, Marshall.

–Me encantaría –contestó–. ¿Has planeado tú esto?

–No. No, en absoluto.

Marshall vio en su mirada la duda repentina, y entendió el nuevo sentimiento.

–¿Eso lo hace menos... atractivo a tus ojos? –preguntó Aimee con vacilación–. ¿Hubieras preferido que yo... ? Quiero decir, no es el caso de que tengamos que pensar...

–No –sacudió la cabeza vigorosamente–. No, Aimee. Nada podría hacer que tú... que esto resultara menos atractivo. Y el hecho de que haya sido un acto impulsivo por tu parte, y tan fuerte...

–¿Entonces no es suficiente? –dijo Aimee–. No hay razón alguna para que esto no ocurra, y todas para que ocurra. Eso es más que suficiente para mí.

–Y para mí –susurró y continuó besándola con una intensidad que les dejó a los dos temblando, y que no abandonó hasta llegar al dormitorio de Aimee.

Cuando estaban al lado de la cama, la necesidad se frenó un poco, dominada por los nervios de aquel primer encuentro.

–Si oyes unos chirridos, no te preocupes –le dijo en voz baja sin dejar de abrazarla–. Será el óxido.

Ella lo entendió enseguida.

–Ya lo estoy oyendo, solo que proviene de mí. Marsh, yo no... yo nunca he...

–Vamos a poner unas cuantas normas –le sugirió mientras le acariciaba la parta alta del trasero.

–¿Normas?

–No hablemos del pasado, de lo que hemos o no hemos hecho o sentido, ni el tiempo que hace desde que no lo sentimos –la besó en la frente y continuó hasta la oreja–. No debemos agobiarnos el uno al otro, pretendiendo que esto sea una versión de Hollywood. Eso quiere decir que podemos hacerlo al paso que queramos y que, pase lo que pase, es algo seguro.

–¿Seguro... ? –repitió.

–Sé lo que me estás confiando, Aimee. Sabes que voy a cuidar de ello con todo el cuidado y la ternura que merece. Y lo que te estoy confiando a ti es igual de frágil.

–Oh... sí. Gracias, Marsh. Gracias por decirlo.

Enterró su cara en el calor de su cuello y al momento oyó y sintió su risa, cargada de felicidad y triunfo, y se sintió tan sobrecogida de haber encontrado a un hombre como él que tuvo que apartarse y mirarlo sin más, riendo también, hasta que la magia de la atracción borró las sonrisas de sus labios.

Marshall empezó a desnudarla con tal ternura y reverencia que Aimee empezó a respirar irregularmente, mientras muy quieta dejaba que él le quitara la ropa. Deseosa de tocar y explorar su cuerpo, le quitó la americana, le aflojó la corbata y empezó a desabrocharle los botones de la camisa gris metálico.

Cuando estuvieron los dos desnudos, él le susurró:

–Eres preciosa.

Ella no intentó negarlo porque estaba demasiado ocupada pensando lo mismo de él. La textura de su piel cubierta de suave vello, el sabor de sus labios, su aroma...

Se sentaron sobre la cama y él la besó otra vez, la acarició en sitios que le hicieron estremecerse. Incluso cuando estuvieron ya juntos y abrazados bajo la colcha, cuando ninguno de los dos apenas podía respirar, él fue capaz de aminorar la marcha, de esperar, de dejar que ella se acostumbrara a la intimidad de su unión antes de dar otro paso.

Aimee no sabía que eso pudiera ser así, que cada paso pudiera ser saboreado con tanta intensidad, como un banquete de exquisitos y finos bocados. No sabía que un hombre pudiera poseer tanta paciencia, junto con una necesidad tan grande de sensualidad. No había pensado que pudiera estar entre sus brazos después, saciada y repleta, y sin embargo deseando más.

Fue la noche de amor más larga, más pausada y más dulce que había experimentado en toda su vida.

Capítulo 3

AIMEE, soy Peter –dijo su hermano, cuando descolgó el teléfono a la mañana siguiente.

–Hola, Peter –contestó, complacida de oír su voz pero al mismo tiempo algo apocada.

¿Sería posible que su voz tuviera el timbre de una mujer que había disfrutado de una tumultuosa noche de amor con su nuevo amante? ¡Sin duda! Aún estaba en camisón, y con una trenza medio deshecha que se había hecho la noche anterior.

Marshall y ella se habían dormido de madrugada, y en ese momento, mientras hablaba por teléfono, Aimee notó que tenía la voz relajada y ronca.

–¿Puedo ir a verte hoy por la mañana? ¿Estás libre? –quiso saber Peter.

–Pues sí, estoy libre.

«Desgraciadamente», podría haber añadido, pero no lo hizo. Marshall estaba de guardia ese fin de semana y había tenido que marcharse hacía un rato para ver a una paciente de un hogar de ancianos que se había caído y se le había levantado la fina piel de la pantorrilla. Ni siquiera habían tenido ni tiempo de desayunar juntos, aunque él la había abrazado con la misma alegría e ímpetu que la noche anterior, y ella había respondido del mismo modo.

–Necesito ir a casa después de ver a la señora Bacon —había dicho con pesar—. Me van a arreglar el baño del piso de arriba. La ducha está estropeada y llevo un mes sin poder utilizarla. ¡Odio el baño! Van a venir dos contratistas hoy por la mañana para darme un presupuesto. ¿Puedo llamarte más tarde?

—No necesitas pedírmelo, Marshall —le había contestado ella.

Y sabía que al decirlo le habían brillado los ojos, pero a él no había parecido importarle. Sin embargo, en ese momento que estaba sola ya, la casa se había quedado un poco vacía y sus paredes parecían mirarla con cierta acusación.

—O podría ir después —oyó decir a Peter, y se dio cuenta de que se había perdido parte de lo que su hermano había dicho.

—Cuando tú quieras me parece bien, Peter.

—Entonces voy para allá ahora mismo.

—Hasta pronto —contestó automáticamente, y tan solo después de colgar se percató de que Peter parecía tenso, inquieto.

¿O sería su propio sentimiento de culpabilidad?

Pero no tenía por qué sentirse culpable, se dijo mientras metía las gafas que Marshall se había dejado en el bolso. No había sido un lío de una noche. Había sido el principio de algo importante.

Al mirar el reloj de la cocina vio con sorpresa que eran solo las nueve, y como no sabía si Peter habría desayunado o no, sacó algunas cosas para desayunar. Probablemente querría huevos con beicon. Tal vez una tortita. Café, por supuesto.

Pensándolo bien, la sorprendió que hubiera llamado tan temprano siendo fin de semana. No era habitual en él. ¿Habría ocurrido algo malo? De pronto se le aceleró el corazón y empezó a pasear de un lado a otro de la amplia cocina, calibrando las distintas posibilidades. Sus padres, Douglas y Dorothy Brent, se habían jubilado hacía ya quince años y se habían mudado a Queensland. Su padre tenía ochenta años, y su madre setenta y seis, pero si les hubiera ocurrido algo a ellos, Peter no le habría pedido si podía ir a su casa.

Peter era cinco años menor que ella, y los dos estaban muy unidos. Ella diría que eran buenos amigos. Confiaba en él y lo quería mucho a él y a su esposa e hijos, pero estaban los dos tan ocupados que normalmente no se pasaban el uno por la casa del otro a tomar un café y charlar durante el fin de semana.

Peter tenía algo que decirle; estaba totalmente segura. Y mientras se duchaba y vestía y terminaba de preparar el desayuno, no fue capaz de dejar de darle vueltas a la cabeza.

Cuando llegó, ella se había armado ya de valor para oír lo que estaba casi segura que sería la noticia. Que Annette y él se iban a divorciar.

Peter no quería desayunar. Aimee se lo había notado en la cara que había puesto al ver la mesa tan completa y colocada en la soleada terraza.

—No, de verdad... No he comido, pero... Es que no tengo hambre.

Aimee quiso decirle que se sentara y se lo comiera todo, tal y como había hecho cuando él era un niño pequeño y ella una muchachita a la que le encantaba jugar a las enfermeras.

Pero en ese momento no le pareció apropiado para un hombre de su edad, y Aimee se guardó las palabras y se limitó a servirle una taza de café.

–Suéltalo ya, Peter, por favor. ¡Me estás asustando!

Peter tragó saliva y se le empañaron los ojos. Rápidamente, Aimee se inclinó hacia delante y le cubrió la mano con la suya.

–Sea lo que sea, Peter, no es el fin del mundo, y yo haré todo lo posible por ayudarte.

–No. Tú no sabes lo que es –dijo; entonces retiró la mano con brusquedad y se tapó la cara con las manos–. De acuerdo, tengo que contártelo. Se trata de tu dinero, Aimee –dijo, en tono casi sereno–. Lo invertí mal, y lo he perdido todo.

Aimee sintió que la fuerza le abandonaba las piernas y soltó un grito. No pudo evitarlo, aunque se arrepintió nada más ver la expresión acongojada del rostro de Peter.

Aimee que estaba de pie con las manos apoyadas sobre la mesa, avanzó hasta que llegó a la silla que había sacado para ella y se dejó caer. Entonces, y solo por su hermano, consiguió sonreír levemente.

–Bueno, te dije que no era el fin del mundo –dijo, y entonces se sinceró–. Oh, Peter, creí que me ibas a decir algo como que Annette y tú os ibais a divorciar.

–¡No! –gimió–. Si fuera algo tan sencillo como eso –entonces se dio cuenta de lo que había dicho y soltó una risotada burlona–. ¡Pero qué tontería acabo de decir! Lo único bueno de todo esto es que Annette me ha apoyado muchísimo.

–¿Quieres decir... ?

–Sí, nosotros también lo hemos perdido todo. Yo ya no podré pedir la jubilación anticipada, y Annette tiene que volver a trabajar a jornada completa.

–¿Desde cuándo sabes esto?

–Desde ayer. Nos hemos pasado casi toda la noche en vela, hablando de ello y haciendo números. Yo... no puedo creer que te haya metido en este lío, Aimee.

–No lo entiendo bien –reconoció ella–. Pensé que había contratado un plan de pensiones, algo muy seguro y tradicional. Me dijiste que eso era lo que habías hecho.

Peter protestó de nuevo y resopló con resignación. Sí, al principio había hecho eso con el seguro de vida de Alan, pero como el porcentaje de beneficios era tan lento, se había sentido mal por su hermana y se había dicho que mejor invertiría su dinero en otra cosa. Lo molestaba el hecho de que los pagos del seguro no fueran suficientes para quitarla de trabajar.

Entonces había recibido un estupendo consejo sobre una nueva empresa en Internet. Peter no era un tonto. Había planeado conseguir un beneficio considerable en dos o tres años, para después volver a invertir el capital aumentado en algo donde hubiera poca fluctuación, algo que le proporcionara a su hermana una renta mensual más fuerte.

Solo que, claro estaba, no se había producido tal beneficio.

Habría sido fácil enfadarse con Peter si Aimee no lo quisiera tanto, y si él no estuviera sufriendo tan claramente por ella, además de por él mismo y su familia.

Hablaron de ello toda la mañana, y estudiaron los números y lo que podrían significar.

–No tienes otra elección, Aimee –dijo Peter–.

Tendrás que vender la casa. Los impuestos munici-
pales en esta zona son tan elevados ya, y tú estabas
pensando en poner el tejado nuevo y en cambiar la
valla de atrás y el camino. Esas cosas necesitan re-
paración, pero ahora no tienes capital para hacerlo.

—No, ya me doy cuenta.

—Y si hubiera algún modo de aumentar el número
de horas en el trabajo...

Ella asintió, y ocultó su zozobra.

—Eso no sería un problema. Me refiero a las horas
de trabajo. Llevan bastante tiempo proponiéndome
trabajar toda la jornada. En cuanto a la casa... —Aimee esbozó una sonrisa superficial—. Solo es una
casa.

Pero era la casa donde había criado a sus hijos y
había vivido la muerte de Alan. El viejo columpio seguía en el jardín de atrás, y había planeado arreglarlo
y pintarlo para el bebé de Sarah. Y lo que Peter no sabía, por supuesto, era que la casa no era de ella...

La casa había sido de los padres de Alan, y él se
la había dejado a sus hijos para que Aimee viviera
allí hasta su muerte o hasta que decidiera venderla.
Pero las escrituras no estaban a nombre de ella, y a
Aimee no le había parecido mal.

También le había dicho a Aimee que no hacía
falta que ellos se enteraran.

De modo que no se lo había contado ni a sus hijos, ni a Peter. Alan siempre había sido un padre
muy cariñoso. Su deseo había sido darles a sus tres
hijos algo seguro que nadie pudiera arrebatarles, de
ahí su decisión de dejarles la casa. Si la vendía, cada
uno de ellos recibiría una parte, pero Aimee se que-
daría sin un penique.

–Podrás comprarte una casita de dos dormitorios –dijo Peter con entusiasmo–. Y todavía te quedará suficiente para invertir; solo que esta vez no me lo confíes a mí.

Aimee se limitó a asentir. No iba a decirle a Peter la verdad sobre la casa, ni a sus hijos la verdad sobre sus inversiones, porque no quería que su hermano sintiera más aflicción y remordimiento, y porque sabía que sus hijos se negarían a aceptar que la casa y sus beneficios eran suyos cuando se enteraran de que era lo único que le quedaba a su madre.

Estaba sola en todo aquello como no lo había estado en la vida. Se había mudado directamente de casa de sus padres a esa casa cuando se casó con Alan. Nunca se había tenido que mantener sola. Pero había una primera vez para todo, y se prometió a sí misma para su adentros que ella se encargaría de eso.

Peter se estaba mirando las uñas, como intentando decidir cuál se mordería antes. Se las había mordido de niño y no había dejado el hábito hasta la adolescencia. Aimee sintió pena por él; aquello tampoco le estaba resultando fácil.

–Peter, me alegro de haberme equivocado –se burló con suavidad.

–¿Equivocado?

–Al pensar que Annette y tú os ibais a divorciar. Eso habría sido mucho peor.

Peter la miró. No dijo nada, pero su expresión no parecía tan acongojada como hacía un momento, y había dejado de mirarse las uñas.

–Gracias, Aimee –dijo por fin–. Siempre has sido

capaz de ver las cosas objetivamente. Yo... estoy contento de tenerte como hermana... más de lo que podré expresar jamás.

¿Qué decía el refrán? ¿Que las desgracias nunca llegaban solas?

Cuando Marshall la llamó, justo después del almuerzo, Aimee le dio una excusa para no verlo en todo el fin de semana.

—¿Va todo bien? Pareces...

Preocupada. Lo sabía, pero aun así no quiso decir nada.

—Sarah no se siente bien —lo cual, al menos, no era del todo mentira—. Este embarazo le está sentando muy mal. Me voy a quedar con ella esta noche. Te dejaste aquí las gafas —le dijo—, así que te las dejaré cuando vaya de camino a casa de Sarah.

—No te preocupes por las gafas. Llévamelas al consultorio el lunes. Tengo unas de repuesto.

—¿Estás seguro?

—Desde luego. Ve con tu hija; ella te necesita.

—Gracias, Marshall.

Como aún estaba hecha un lío por los cambios que se le avecinaban, sabía que no sería justo verlo. Incluso sería peligroso. De todas las personas, Marshall era el que menos debía enterarse.

No había analizado por qué estaba tan segura de querer que así fuera, pero tenía algo que ver con el querer mantener su independencia y la igualdad de condiciones con las que la relación había comenzado. No pensaba renunciar a eso. No pensaba establecer el mismo modelo de comportamiento que se había establecido entre ella y Alan. No pensaba apoyarse en nadie.

Pero como no quería mentirle a Marshall, llamó por teléfono a Sarah inmediatamente después y se enteró de que no había podido dar más en el clavo con lo que le había dicho a Marshall.

–¡Mamá, cuánto me alegro de que hayas llamado! –dijo su hija de veintiocho años–. Me siento fatal, tan hinchada. No tengo fuerza en absoluto.

–¿Quieres que vaya? Incluso podría quedarme a dormir...

–¡Ay, sí, por favor!

Aimee hizo la bolsa para pasar la noche en casa de Sarah y regó las plantas, pensando que si iba a poner la casa en venta en las próximas semanas, el jardín debía estar bien cuidado. Al llegar a casa de Sarah, una hora y media después, el marido de su hija, Jason, le abrió la puerta.

–¡Gracias a Dios está dormida!

–Estoy empezando a preocuparme por ella, Jason –suspiró Aimee, después de rechazar una taza de té de su hijo político–. Yo no hago más que decirle que pronto se sentirá mejor, pero no es así. Estoy muy preocupada.

–Yo también –reconoció su yerno–. Hemos hablado con algunas personas, y nadie lo ha pasado tan mal como ella, sobre todo en el segundo trimestre. Se supone que debería sentirse muy bien. Y esta mañana en el supermercado, una señora dijo que Sarah debería ir directamente al hospital, con lo enorme que está, pero aún le quedan tres meses más.

–¿Por qué no se lo ha comentado a su médico?

–Se lo ha dicho, por teléfono. Él le dijo que sabe

que lo está pasando mal y que tal vez haya algo anormal, comentó que tal vez que tenga un exceso de líquido amniótico, pero no sabemos qué significa eso. De todos modos, él no piensa que sea nada urgente. La última ecografía ha sido normal, lo mismo que los resultados de lo análisis de sangre. La tensión arterial y los análisis de orina son también normales, además del test de glucosa. No tiene dolores. El médico la verá a primera hora del lunes. Yo quería que le insistiera más, pero Sarah no quiere que piensen que es una quejica.

Aimee quería mucho a su yerno. Él y Sarah habían sido novios desde la facultad, donde ambos habían estudiado Derecho, y se habían casado hacía dos años. Jason, rubio y corpulento, era un hombre estable y cariñoso, y aunque a veces sacaba el genio, estaba muy enamorado de su esposa y tendía a mostrarse obstinado y frustrado cuando algo escapaba a su control.

—¿Crees que se está quejando porque sí? —le preguntó Aimee.

Él la miró y dijo rotundamente:

—No, creo que hay algo que no va bien. Pero no sé el qué. Tan solo soy el futuro papá. Lo único que cualquiera espera de mí es que pierda el conocimiento durante el parto.

Jason bajó al jardín a cortar un poco el césped. Estaba muy disgustado.

Sarah se despertó una hora más tarde. Aimee le había dado un buen repaso a la cocina. Estaba bastante sucia debido al cansancio de Sarah, ya que normalmente su hija era un ama de casa muy exigente con la limpieza.

–¡Ay, mamá! –dijo una voz somnolienta a la puerta de la cocina justo en el momento en que Aimee guardaba los productos de limpieza–. ¡No tenías por qué hacerlo!

–Pero quería –contestó Aimee–. Me he imaginado que estaría fastidiándote un poco ya.

Sarah estaba enorme, y parecía incómoda. Entonces, antes de llegar adonde estaba su madre, se echó a llorar.

–Todo me fastidia –dijo–. ¿No te parece que estoy embarazada de más de veintiséis semanas?

–¿Podría estar equivocada la ecografía y ser gemelos, después de todo?

–Bueno, solo vi un bebé, pero yo qué entiendo.

Cuando había estudiado enfermería, Aimee recordaba que algunas mujeres tenían un exceso de líquido amniótico en la bolsa, lo cual podía causar los síntomas que tenía Sarah. Este exceso de líquido podría ser causa de algún problema, o no. Y como ella no era lo suficientemente experta, solo le quedaba estar de acuerdo con su yerno.

En general, el fin de semana no fue tan maravilloso, y en un par de ocasiones Aimee sintió la tentación de rajarse, llamar a Marsh y sugerirle que fueran a navegar o a escalar una montaña. Pero controló el impulso porque sentía que si se marchaba podría arrepentirse toda la vida, aunque no entendió bien la fuerza de aquel sentimiento.

La noticia que Peter le había dado sobre sus finanzas no era algo tan grave, ¿no? Al final, el dinero era mucho menos importante que la familia. Podría mantenerlo en secreto, y dejar de pensar en ello. Sería mucho peor que algo fuera mal con el embarazo de su hija.

El sábado por la noche, en casa de su hija y Jason, Aimee no durmió bien, pues las imágenes de ella y Marshall juntos no cesaban de palpitar por su cuerpo. Ese olor fresco y limpio de su cuerpo, como a sándalo. La fuerza de sus muslos. El trazo de vello en el pecho y los brazos. Su ternura y su fuerza. Su manera de respirar cuando dormía.

Y cuando no estaba pensando en Marshall, estaba preocupándose por Sarah. Oyó sus pasos descalzos y ligeros ir al baño varias veces durante la noche, y una de esas veces oyó que le decía a su esposo que se estaba ahogando, que no podía respirar.

Como Sarah tenía el frigorífico lleno de comida que se le estaba estropeando de no cocinarla, y Jason no sabía cocinar, Aimee cocinó también. Preparó tres platos distintos y de cada uno sacó tres porciones individuales, que después congeló. De ese modo habría cenas para dos semanas, y así le quitaría algo de trabajo a Sarah.

Al llegar a casa, aunque sintió la tentación de marcar el número de Marshall, al final llamó a Peter. Después de haber pasado un día entero pensando en lo que le había dicho su hermano, tenía varias preguntas que hacerle. Pero las respuestas no le agradaron precisamente.

–¿Qué pasa con los beneficios que me ha reportado esto? En mi cuenta ha entrado dinero con regularidad, igual que antes. ¿De dónde salía?

Resultó que había salido de Peter. Este había confiado tanto en el éxito final de la empresa que le había ingresado dinero suyo mientras los verdaderos beneficios llegaban, cierto de que eso ocurriría finalmente.

–¿Pero por qué no me contaste lo que estabas haciendo? ¿Por qué me has tenido en la ignorancia?

Por Alan, la actitud de Alan y lo que le había dicho a Peter antes de morir, le explicó.

–Me dijo categóricamente que no te molestara con los asuntos de dinero, y que yo me ocupara de todo –dijo Pete–. Dijo que tú no sabías nada de finanzas, y que no querías aprender, que él siempre había tomado todas las decisiones relacionadas con el dinero, y que así era como tú querías que continuara.

¡Eso no era cierto!, había querido decir. ¡Jamás le habían dado una oportunidad!

Pero no habría servido de nada decirlo, y tal vez fuera error suyo por no insistirle a Alan años atrás para que las cosas cambiaran, de modo que se mordió la lengua.

Cuando sonó el despertador y Aimee tuvo que levantarse para ir a trabajar a la mañana siguiente, sintió cierto alivio.

–¿Cómo está Sarah?

Eso fue lo primero que le preguntó Marshall, y Aimee estuvo a punto de echarse a llorar al ver que no estaba sola en todo aquello. Pero no quería que él la viera llorar, y rápidamente pestañeó y tragó saliva.

–Está enorme y muy cansada –le contestó con más entusiasmo del que sentía–. Hoy la va a ver su médico de cabecera; espero que el hombre se lo tome en serio.

Aimee no tuvo tiempo para pensar en todas las

cosas que la preocupaban. El doctor Gaines la necesitó para extraer sangre a uno de sus pacientes, después el doctor Jones tuvo que sacarle a un niño de seis años unas astillas que se había clavado en un pie, y le pidió ayuda. Al final tuvo que ponerle la inyección del tétanos a Michael Callahan porque ya le tocaba. Harry tenía tres pacientes esperando, de modo que dejó sola a Aimee para lidiar con Michael, que gritaba y pataleaba como un poseso.

Después de ponerle la inyección, Aimee se sintió temblorosa y agobiada. Los gritos de Michael aún le resonaban en los oídos. Se refugió en el pequeño espacio de la cocina del consultorio, dispuesta a prepararse una taza de té. ¡Qué bien le iba a sentar! Miró el reloj y se le fue el alma a los pies al ver que solo eran las nueve y media.

–¿Llevo bien el reloj? –le preguntó Aimee a la recepcionista, Chrissie Dunhill, con desconsuelo.

–Me temo que sí –respondió Chrissie con cierto aire de pesar–. Todo el consultorio ha oído gritar a ese niño. La madre ha salido con una cara...

–Yo estoy temblando –reconoció Aimee–. ¿Cuánto tiempo habrá estado llorando?

–No lo sé, pero un buen rato –Chrissie se estremeció–. Yo no podría ser enfermera –añadió–, y menos aún médico.

–La verdad es que a mí me encanta –reconoció Aimee–. Hasta que no volví a ejercer, no me había dado cuenta de lo mucho que había echado de menos la enfermería durante todos esos años en los que me quedé en casa criando a los niños.

–¿Entonces qué es? No puede ser nada perverso y enrevesado, porque todos sois personas maravillosas.

–¿Qué es? –repitió Aimee, e intentó ponerlo en palabras–. Supongo que es la importancia de el asunto en sí. El realismo. El hecho de estar cada día en contacto con lo que mueve a las personas, tanto física como emocionalmente, es lo que más me gusta. Algo así, creo.

Chrissie asintió como si su explicación tuviera sentido.

–Eso fue lo que el doctor Irwin me dijo hace poco –dijo–. Y en su caso debe de ser verdad, porque si no le tuviera mucho amor a su profesión podría permitirse el lujo de jubilarse mañana mismo, dar la vuelta al mundo y comprarse un Rolls Royce.

–¿Ah, sí? –contestó Aimee automáticamente, no sin cierta curiosidad.

No sabía nada de las finanzas de Marshall, y no estaba segura de querer saberlo. Aún no. Al menos por un tiempo. Especialmente desde lo que le había dicho Peter.

–¡Oh, desde luego que sí! –contestó Chrissie, que al momento cerró la puerta de la cocina y bajó la voz–. Tal vez no debería hablar de ello, pero me estoy muriendo por contárselo a alguien. Quiero decir, el doctor Harry y la doctora Rebecca ya lo saben. Probablemente todo el mundo lo sabrá, más o menos, de modo que no es que yo esté cotilleando ni nada. Su suegro murió hace seis meses y le dejó una cantidad de dinero considerable en herencia. Todos lo sabemos, aunque supongo que tú no, ya que pasó antes de que empezaras a trabajar aquí.

–No, no tenía ni idea.

–Pero no sabíamos cuánto, hasta que oí por casualidad al doctor Irwin hablando por teléfono hace unas semanas con el abogado de su suegro –Chrissie se acercó a ella y la agarró del brazo con entusiasmo–. ¡Escúchame! Seré sincera contigo. Podría haber hecho algún ruido para que se diera cuenta de que yo seguía en la mesa de recepción, pero no lo hice. Y tú eres la primera persona a la que se lo he contado. ¡Resulta que ha heredado más de un millón de libras! ¿No te parece increíble? Eso es al menos dos millones y medio de dólares. Tal vez casi tres.

–Sí –contestó Aimee con desmayo–. Tienes razón. Es mucho dinero. No tenía ni idea.

–Por teléfono dijo que iba a abrir un fondo de inversiones para Rebecca y Simon. Le oí decirle al abogado lo mucho que le había conmovido que su suegro, al cual hacía años que no veía, confiara lo suficientemente en él como para dejarle todo el dinero, sabiendo que haría con él lo mejor para los niños.

–Sí, por supuesto, cualquiera que conozca al doctor Irwin sabe que haría exactamente eso –consiguió decir Aimee, aún intentando recuperarse del impacto que le había causado el cotilleo bienintencionado de Chrissie.

–Vaya, me está llamando la doctora Gaines –dijo Chrissie–. Supongo que quiere esa copia que le prometí... –entonces abrió la puerta y salió de la cocina–. Ya voy, doctora Gaines.

Lo primero que pensó Aimee después de irse Chrissie fue que preferiría no haberse enterado de la noticia.

Hasta ese momento, había creído que ella y Marshall eran iguales, y había deseado tanto esa igualdad.

Se lo había imaginado más o menos en la misma situación económica que ella. Pero en realidad, como acababa de descubrir, esa situación no se parecía en absoluto a la de Aimee. La casa de Woollahra la sentía como suya de muchas maneras, pero no era así, y de momento resultaba peligroso olvidar eso. Ella no tenía otros bienes, mientras que Marshall era millonario, y había hecho planes para administrar bien sus finanzas y dejárselo todo a sus dos hijos.

Había muchas personas que a partir de ese momento podrían pensar que estaba con Marshall por su dinero. Solo de pensarlo se sintió incómoda, y aunque sabía que ella no era una cazafortunas, la disparidad de sus respectivas situaciones le provocó un estado de nerviosismo tremendo, sin saber exactamente por qué.

Rebecca Irwin apareció a la puerta en ese momento.

–¡Ah, Aimee, aquí estás! –dijo–. Voy a necesitarte para que limpies unos raspones y le des unos cuantos puntos. Es a un niño del colegio de la zona, que se cayó en el patio. El profesor que lo ha traído parece muy preocupado; la madre está en camino.

Aimee dejó en la encimera la taza de té a medias y siguió a Rebecca, que seguía charlando animadamente y en tono algo forzado.

–Siento haberte separado de tu té. Ya sé que lo has pasado mal con un paciente de Harry.

–Estoy bien ahora, doctora Irwin –contestó Aimee.

Aunque estaba casada con otro de los doctores del consultorio, Harrison Jones, Rebecca había decidido no perder su apellido de soltera al casarse. Tenía mucho carácter y era muy apasionada. Aimee le tenía cariño, pero en la última semana se había dado cuenta de que Rebecca la trataba de manera distinta, y sabía muy bien por qué.

Rebecca sabía, o sospechaba, que su padre y la enfermera del consultorio estaban liados, y no estaba dispuesta a fiarse de aquello. Era una persona recelosa.

¿Recelosa tal vez por su herencia? De pronto, Aimee no supo qué pensar. Supuso que sería una reacción bastante normal. No mucha gente aceptaría con gusto que su padre viudo iniciara una relación sentimental si esa relación podía amenazar su situación de algún modo.

Pero en ese momento no había tiempo de pensar en ello.

—No irá a ponerme una inyección, ¿verdad? —dijo el chaval de diecisiete años que estaba sentado en el despacho de Rebecca.

Lo acompañaba un profesor con expresión muy seria, con una bolsa de plástico en la mano en la que había algo dentro envuelto en un pañuelo de papel—. Acabo de oír a otro niño llorando. ¡Debe de haberle dolido un montón!

Rebecca le echó una mirada a Aimee y en ese momento entró la madre del chico.

Un trozo de cristal escondido entre unos arbustos había sido el causante de ese corte tan profundo, y había que darle puntos. A pesar de anestesiarle la zona, el chico no dejó de quejarse y lloriquear todo el tiempo.

Después Aimee pasó unos diez minutos limpiando cuidadosamente los raspones llenos de tierra y polvo alrededor del corte. Finalmente, Aimee le cubrió toda la zona con gasa y esparadrapo.

–Todo listo –le dijo animadamente, y entonces notó que el profesor, un joven de unos veinticinco años, carraspeó con nerviosismo.

–Espéranos en la sala –le dijo a Aaron–. Allí hay libros y juegos. Necesito... comentarle algo a la doctora.

El chaval salió y Rebecca entró en ese momento en la consulta.

–¿Falta algo? –preguntó mientras cerraba la puerta.

–Sí –asintió Adam Perry, y levantó la bolsa de plástico–. Esto.

Con mucho cuidado sacó el objeto de la bolsa, y todos vieron lo que era. Una jeringuilla hipodérmica.

–¡Oh, Dios mío! –exclamó con desmayo la señora Lloyd, madre de Aaron–. ¿Se le ha... ?

–Sí –el profesor asintió nerviosamente–. La tenía clavada en la pierna, pero superficialmente. Estaba llorando. Se raspó la rodilla contra el cemento y después contra los arbustos, y yo estaba cerca cuando ocurrió, de modo que le saqué la jeringuilla enseguida. Como no estoy seguro de que se diera cuenta, no he querido decir nada delante de él. Muchos chavales conocen los riesgos de clavarse una hoy en día. Lo siento. Lo siento mucho. Intentamos limpiar el patio regularmente, pero...

Parecía apesadumbrado por la noticia, y la señora Lloyd tuvo que sentarse.

–SIDA –dijo la mujer con voz ahogada.

Aimee vio que Rebecca disimulaba su preocupación y sacaba toda la energía de su personalidad.

–Señora Lloyd, el riesgo es muy, muy pequeño –se apresuró a decir–. Hoy es lunes. Esa aguja probablemente ha estado ahí todo el fin de semana, y ha hecho mucho sol. Ni el virus del SIDA ni el de la hepatitis pueden sobrevivir si no hay líquido, de modo que mientras esta jeringa estuviera bien seca, no hay nada de qué preocuparse. Además, la impresión del señor Perry es que no estaba muy clavada, y la señora Hilliard acaba de limpiar las heridas a fondo. De todos modos le haremos un análisis de sangre, para estar más seguros. El resultado tardará una semana y después, para estar absolutamente seguros, le haremos otro en tres meses. Pero, como he dicho, las posibilidades son prácticamente nulas. Desde luego yo no le recomiendo que se lo cuente a Aaron. Solo conseguiría alarmarlo.

–Ya se va a alarmar bastante cuando sepa que le tienen que volver a pinchar –bromeó la señora Lloyd, algo más tranquila.

Y de ese modo Aimee tuvo que librar la tercera batalla de la mañana para pinchar de nuevo.

Capítulo 4

CUANDO paró para comer, Aimee llamó a Sarah para saber lo que le había dicho el médico esa mañana. Pero no había muchas noticias.

–Me ha enviado a que me haga otra ecografía, y quiere que vea a un tocólogo. Me ha dado un volante y ya tengo cita.

–¿Con qué tocólogo?

–Bueno, le pregunté sobre el marido de esa doctora que trabaja en tu consultorio.

–¿Marcus Gaines? Sí, está casado con Grace, que trabaja aquí.

–Sí, y mi médico me dijo que es excelente.

–¿Qué tal te sientes hoy, Sarah?

–Ah, estoy bien...

–¿Peor? –insistió Aimee.

–Sí, peor –reconoció Sarah–. Me alegro de que el doctor Maskell me haya mandado una ecografía, porque eso quiere decir que se lo está tomando en serio... , pero siento que sea así porque también significa que algo va mal. ¡No quiero que nada vaya mal, pero sé que es así!

Cuando Aimee colgó unos minutos después, se sentía como un trapo, y debía de tener también un aspecto horrible. En eso, Marshall se acercó a ella y le dijo en voz baja:

–¿Tienes algo que hacer a la hora de la comida?

–No...

–¿Te apetece tomar un plato de sopa y un sándwich en la playa?

–¡Sí, por favor!

Le dio la mano en cuanto salieron por la puerta principal del consultorio, y mientras bajaban por las escaleras, Aimee vio a Rebecca metiéndose en el coche, que estaba aparcado en la acera de enfrente. Los miró y frunció el ceño unos segundos antes de sonreír y de agitar la mano en señal de despedida.

–Que disfrutéis de la comida –dijo.

Caminaron hasta un establecimiento próximo donde vendían sándwiches, y Marshall la invitó a pedir algo sustancioso, como si de una convaleciente se tratara.

–Pide la crema de calabaza –le sugirió–, y el sándwich especial. Lleva pechuga de pavo, aguacate... –citó todos los ingredientes–. Tienes pinta de estar agotada, Aimee.

–Me siento agotada –reconoció, se volvió a la mujer que estaba detrás del mostrador–. Sí, yo también tomaré un especial.

–¿Te gustaría irte a casa por la tarde? Podemos apañárnoslas sin ti. De todos modos, ya lo hacemos los miércoles y los viernes por la tarde.

–No, me recuperaré –dijo–. Y ya que lo dices, me gustaría empezar a hacer la jornada completa los miércoles y viernes, si es posible.

–¿Quieres?

–Bueno, me dijiste que te gustaría que así fuera.

–Lo sé, pero no debes sentirte presionada. Siempre podríamos contratar a otra persona para que venga...

–No, lo quiero hacer yo –lo interrumpió, y enseguida pensó que tal vez hubiera parecido demasiado insistente a sus oídos.

Cada vez estaba más convencida de que no quería que se enterara de sus dificultades financieras. Al menos hasta que Aimee hubiera calculado el alcance que podría tener en su relación con Marshall. ¿Por qué le daba la impresión de que iba a suponer una diferencia tan notable? No solo era la posibilidad de que otras personas, por ejemplo Rebecca, la tomaran por una cazafortunas. No. Era algo más.

Marshall le había dado la mano, cálida y afectuosa, e instintivamente, una parte de ella sintió que debería apartarla apresuradamente, mientras que otra le urgía a quedarse así horas y horas. Con el tema de Sarah, Marshall le estaba dando todo el apoyo del que era capaz, y su preocupación le hizo sentirse más segura.

Le soltó la mano despacio y le echó el brazo por los hombros, invitándola a apoyarse en la fuerte aunque esbelta estructura de su cuerpo.

Aquel hombre le hacía sentirse bien, y Aimee se recostó sobre él y pegó la mejilla a la tela fresca y suave de su camisa.

–A veces es duro ser padre, ¿verdad? –dijo Marsh en tono grave momentos después–. Uno cree que será más fácil cuando son adultos, pero sigue siendo difícil. Cuando ellos sufren, nosotros sufrimos también por ellos.

–Solo que esta vez no se trata de golpes o carde-

nales, ni de que se hayan peleado en el colegio
–concedió Aimee.

–No, son las carreras, el divorcio, o algo peor. Te
he oído hablar con Sarah por teléfono. ¿Alguna noticia?

–Le van a hacer otra ecografía, y su doctor la ha
enviado a Marcus Gaines. Nada más de momento.
Estoy... muy preocupada, Marshall. Ojalá pudiera
hacer algo concreto. Y por favor, no me envíes a
casa, porque lo único que voy a hacer es ponerme
más nerviosa.

–No te haré marcharte a casa –le prometió–. En
realidad, se me ocurren muchas maneras de mante-
nerte alejada de casa durante días, si te interesa.

El comentario sugerente le hizo reír por fin.

–¿Qué tenías en mente exactamente? –le preguntó mientras salían de la tienda con la comida
preparada y echaban a andar hacia las mesas y bancos del césped que bordeaba la playa.

–¿Exactamente? –respondió con complicidad.

–Bueno, más o menos, entonces –se echó a reír
otra vez y notó que se ponía colorada–. Supongo
que podré rellenar las lagunas con la imaginación.

–Yo desde luego sí que puedo. Iba a empezar su-
giriéndote que cenáramos juntos esta noche en mi
casa.

–Me parece estupendo.

Casi como el fruto prohibido. Tentador y fabuloso, y algo que no estaba segura de si debía o no
aceptar. Aimee percibió el brillo del ardor en su mirada cuando se sentaron en los bancos.

–Prepararé mi especialidad –dijo él.

–¿Cuál es?

–En realidad, es un guiso de atún, aunque mi hija siempre dice que es muy de los setenta.

–Mmm, creo que el guiso de atún será delicioso –le aseguró con amabilidad.

Marshall pasó a describirle todas las cosas que sabía preparar en la cocina y que Rebecca siempre lo criticaba, aunque después las engullía como si le gustasen, había añadido con humor. Consiguió al menos que Aimee se divirtiera y casi se olvidara de todas las cosas que la preocupaban.

Marshall se recostó en el respaldo del banco y la miró con un brillo de picardía en sus ojos azul turquesa.

De fondo, el rítmico vaivén de las olas, que se alzaban hasta que se precipitaban sobre sí mismas coronadas de espuma blanca. La brisa marina soplaba suave, fresca y salada.

–Eso está mejor –dijo Marshall–. Mucho mejor.

–Sí, desde luego –concedió Aimee–. Gracias. Me dolía la cabeza de tanto pensar, y tenía una tensión tremenda en todo el cuerpo.

–Ahora podrás comerte el sándwich.

–¡Sí!

Se inclinó y le pasó el dedo por los nudillos de la mano, que ella había colocado sobre la bolsa de los sándwiches.

–No se te ocurra olvidarte de que estoy aquí para ayudarte –le dijo con voz ronca y sensual.

–Oh, Marsh, pero es que ahora tengo tantos problemas –le contestó, sintiendo un alivio tremendo solo de decir eso–. No es justo, echarte encima mis problemas...

–No es una cuestión de echarme encima nada,

Aimee –dijo Marshall con delicadeza–. Si me quieres en tu vida, quiero estar ahí. ¿Es por lo del viernes por la noche? ¿Te arrepientes?

La pregunta fue demasiado inesperada... y como la noticia de Peter, demasiado precisa. Cuando lo pensaba bien, con tantas cosas importantes como tenía en la cabeza, sí, deseaba que esa noche no hubiera pasado nada. En sí había sido fabulosa, pero con cada hora que pasaba le parecía que no podían haber elegido peor momento.

–¡No, por supuesto que no! –le insistió Aimee, pero había habido un momento de vacilación, y a él no se le había pasado por alto.

No tenía sentido volver a protestar. Si esperaba poder disipar sus repentinas dudas, más le valdría utilizar el tacto en lugar de las palabras.

Volvió la mano, de modo que sus dedos descansaran sobre la palma, y entonces le llevó la mano al hombro. Al mismo tiempo le acarició el brazo hasta llegar al hombro y lo estrechó contra ella, con un gesto que a Marshall le hizo vibrar de deseo incluso antes de que sus labios se unieran.

–Marshall...

–No pasa nada –dijo mientras la besaba–. Está bien. Lo entiendo. Los sentimientos se complican cuando algo es importante, ¿no?

–Sí. Oh, sí. Gracias por decir eso.

Su beso no podía durar eternamente, pero su proximidad sí que podría durar un poco más. A Aimee le encantó su manera de comerse el grueso sándwich con una sola mano, mientras que la otra descansaba sobre sus hombros. Marshall no la soltó hasta que volvieron al consultorio.

—¿Esta noche? —se detuvo al pie de las escaleras—. ¿En mi casa? ¿Sobre las siete?

—Estaré allí —le prometió.

Esa noche, Aimee llevó una tarta de chocolate a casa de Marshall.

Se había puesto a hacerla sin perder tiempo nada más llegar, porque no era capaz de cruzar la puerta de su casa sin que la invadieran los mismos negros pensamientos. Tenía que vender la casa, el lugar donde había vivido durante los últimos treinta años, y no podía contárselo a nadie.

De modo que la tarta de chocolate fue más como una forma de escapar, pero Marshall no sabía eso, claro estaba.

Aimee había estado en su casa una vez hacía algunas semanas con los compañeros del consultorio, pero mientras avanzaba junto a Marshall, se fijó mejor en los detalles de la casa y en su mobiliario.

El aire acogedor resultaba engañoso, pensó una vez en la cocina, después de servirle él una copa de vino blanco y antes de volverse para seguir preparando la ensalada. Había varios muebles antiguos, y un óleo original en el comedor de un artista contemporáneo cuyo trabajo, según había leído en el periódico, se estaba cotizando a precios astronómicos.

¡Oh, el dinero! ¡Maldito dinero! Era lo único en lo que parecía poder pensar en ese momento.

Mientras tomaban la ensalada y después el guiso, ambos deliciosos, Aimee se dio cuenta de que estaba empezando a dolerle la cabeza, de modo que dejó que Marshall condujera la conversación. Finalmente tomó un trozo de tarta, acompañado de una taza de té.

Pero aunque lo intentó no pudo disimular la verdad. Lo que tenía era una migraña, con todos sus aderezos habituales: náuseas, dolor intenso y mareo.

No pudo seguir ocultándoselo a Marshall.

—No te sientes bien, ¿verdad? —le preguntó, después de fijarse en el trozo de tarta a medio comer.

—Tengo una migraña —consiguió decir Aimee, pero no pudo seguir hablando por culpa de las náuseas.

—Tengo unos analgésicos bastante fuertes con un ligero efecto sedante. Te quitarán el dolor y te relajarán un poco.

—Sí, espero...

—No te apetece tener que irte a casa.

—Gracias.

Marshall la ayudó a subir las escaleras y la condujo hasta una habitación de invitados acogedora y limpia, donde había un lavabo antiguo con su palangana y su jarra, entre otras cosas. Se sentó en la cama, y no se atrevió a moverse por si acaso le volvía a dar otra náusea. Marshall volvió con los analgésicos un momento después, y Aimee se los tomó con un poco de agua.

—No suele pasarme esto... —dijo en tono de disculpa.

—Pero cuando te pasa, son muy fuertes —asintió—. Me doy cuenta. No digas más; simplemente túmbate a oscuras y espera a que se te pase el dolor.

Al principio se quedó inmóvil, pero poco a poco empezó a notar el efecto de los analgésicos y el dolor se volvió más soportable. El firme colchón era extremadamente cómodo, y el edredón sobre el que se había tumbado, suave y mullido. Marshall se asomó a la puerta y dijo:

–Tápate con este otro edredón; no quiero que te quedes fría.

Aimee le dio las gracias. Dormiría un rato y luego se iría a casa.

No se despertó hasta la mañana siguiente. Era temprano. Aún no había salido el sol, tan solo se adivinaba en el cielo un suave resplandor, de modo que calculó que aún no serían las seis. Demasiado temprano para levantarse, pero demasiado tarde para ir a casa. ¡Pobre Marsh! Seguramente esa no era la noche que él había planeado.

Claro que el dolor de cabeza había desaparecido y había dormido más de nueve horas seguidas. Se quedó un rato más tumbada en la cama, y en cuanto oyó a Marsh moviéndose, se levantó. Tenía la ropa arrugada, y la cara y el pelo hechos un asco, pero eso no tenía arreglo. No tendría tiempo de volver a casa y cambiarse, con la cantidad de tráfico que había a esas horas, pero podría darse una ducha.

Cuando ella se lo pidió, Marshall la miró como queriendo disculparse.

–Mi ducha sigue sin funcionar –dijo.

–Ay, es verdad. Me había olvidado del arreglo del baño.

–No pueden empezar hasta dentro de dos semanas. Pero en el baño de abajo tienes una bañera.

Tendría que apañárselas. Después tomaría un café y una tostada, y con un poco de suerte, en el consultorio nadie notaría que llevaba la misma ropa del día anterior.

Cuando Aimee se metió en la bañera, se sintió más relajada de lo que habría esperado. Pasados unos minutos, oyó una llave en la cerradura, el ruido de la puerta de entrada abriéndose, y la voz de Rebecca.

–¿Papá?

–Estoy arriba, cielo –contestó, y a Aimee su voz le sonó algo alejada desde donde estaba ella–. ¿Cómo es que vienes tan temprano?

–Había olvidado que tengo una clase de preparación al parto en el centro de salud a primera hora –respondió ella–. Y como querías que te devolviera esos archivos hoy por la mañana.

–Es cierto. Va a venir Terry Lyons. ¿Te han servido de algo?

–Sí. He visto que esto ya lo sabía, después de todo. Te los dejo encima de la mesa, ¿vale?

–De acuerdo. Te veré en la consulta más tarde. Espero que te vaya bien la clase.

Aimee esperaba oír los pasos de Rebecca en dirección a la puerta, pero en lugar de eso, notó con angustia que cada vez sonaban más cerca.

–¡Ay, no aguanto más! –la oyó decir, y antes de que Aimee pudiera reaccionar, la hija de Marshall abrió la puerta del baño.

Rebecca y ella se miraron horrorizadas.

–¡Ay! –exclamó Rebecca–. ¡Dios mío!

Cerró la puerta de nuevo y las pisadas se alejaron con urgencia, hasta que Aimee oyó que subía las escaleras.

El efecto relajante del baño desapareció de repente, y Aimee se agarró a los costados y se puso de pie para salir, secarse y vestirse.

Aún a medio secar, se puso las braguitas y el su-
jetador, las medias, la blusa, y la falda, que le quedó
medio retorcida.

Agarró los zapatos, cruzó la cocina de puntillas y
al llegar al vestíbulo buscó el bolso con la mirada.
Pero parecía que no lo había dejado allí la noche anterior como había pensado. ¿Dónde lo habría puesto?
El fuerte dolor de la noche anterior la había dejado
algo aturdida. Cuando iba a darse la vuelta, oyó la
voz de Rebecca desde el piso de arriba.

—No digo que se vaya a aprovechar de tu dinero,
tal y como hizo Tania, papá, pero... Lo siento, esto
no es asunto mío.

—No, no lo es, cielo —Marshall cortó a su hija con
firmeza—. Creo que ya hemos hablado de esto un par
de veces, ¿no?

Aimee no pudo soportarlo más; además, sus vo-
ces sonaban cada vez más próximas. Volvió apresuradamente al cuarto de baño y se esperó allí hasta
que le pareció que Rebecca se había marchado.

—¿Tostadas, cereales o huevos? —le ofreció Marshall al verla entrar en la cocina.

Evidentemente, Marshall no tenía ni idea de que
Aimee hubiera oído nada de lo que habían hablado
su hija y él.

—Nada, gracias —contestó en tono demasiado alegre—. Ya son casi las ocho. Iré a abrir el consultorio
y me tomaré un café y unas galletas mientras pre-
paro la consulta.

Él la miró significativamente, alertado seguramente por su tono de voz.

—¿Se te ha pasado el dolor de cabeza?

—Sí —le contesto sin mentir.

–Entonces estás molesta porque Rebecca ha entrado así en el baño, ¿verdad?

–No creo que fuera una bonita sorpresa, la verdad –bromeó débilmente.

–Rebecca ya es mayorcita –contestó él algo más serio–. Sabrá encajarlo, Aimee.

Aimee entendió en ese momento lo que su parte más audaz había estado intentando decirle desde el día anterior por la mañana. Tal vez incluso desde la noticia de Peter del domingo. No podía seguir alegremente con eso... con Marsh..., con todo lo que estaba ocurriendo.

Era demasiado injusto. Injusto para todas las partes interesadas. ¡Y había tantas personas interesadas! Sarah, Jason, Thomas y William. Rebecca, Harry y Simon, el hijo de Marshall. Todos los que trabajaban en la consulta. Dos niños que aún no habían nacido. Su hermano Peter. Y Marsh y ella sobre todo.

Tenía que pedirle que rompieran. Aunque no hubiera aún nada que romper. No había nada formal. Nada abiertamente establecido entre los dos, y sin embargo tanto que no había sido dicho…

Después tendría que vender la casa y ver lo que podría alquilar. Asegurarse de que llegaba a fin de mes y de que los chicos hicieran buen uso del dinero que sacaran por la casa. No podía decirle a Marshall por qué. No podía decirle que estaba arruinada.

Rebecca se lo había dejado bien claro, aunque de todos modos Aimee ya lo sabía.

Aimee quería igualdad entre ella y Marshall, saber al menos que ambos llegaban a la relación en igualdad de condiciones, con lo mismo que ofrecer.

–Supongo que sí –Aimee respondió al comentario de Marshall sobre Rebecca–. Pero, para ser sinceros, creo que tiene razón de estar desconcertada. Nosotros... nos hemos lanzado a esto con demasiada precipitación, Marshall.

Aimee vio un brillo de inquietud en sus ojos, pero continuó. Lo mejor era aprovechar ese momento y quitárselo de encima.

–Yo... lo siento –balbuceó, de pronto horrorizada por lo duro que le resultó.

–¿Qué estás diciendo, Aimee? –Marsh le preguntó en voz baja, y se olvidó de la preparación del desayuno–. Me parece algo repentino, y tal vez no te haya entendido bien...

–No es repentino –soltó Aimee–. Lo nuestro fue repentino, y creo que cometimos un error. No quiero tener una relación contigo. No estoy buscando algo así en mi vida... No puedo –tuvo que hablar con dureza para no echarse a llorar–. No debería haber permitido que esto llegara tan lejos.

Marshall era demasiado caballero para mostrar su dolor. Demasiado caballero y demasiado sensible como para discutir con ella.

–Gracias por decirme lo que sientes –dijo–. Por decírmelo tan pronto. Te agradezco tu sinceridad. Agradezco... –se aclaró la voz– que no hayas dejado de contestar a mis llamadas, por ejemplo, o algo así –intentó reír, pero no lo consiguió.

–No, bueno, yo...

–No te guardaré rencor. A veces estas cosas no funcionan. A veces uno no sabe lo que quiere hasta que lo prueba.

–Gracias por...

–No, yo...

Ninguno de los dos tenía ya ni idea de lo que querían decir. Marshall se volvió hacia el tostador, de donde surgía una columna de humo gris azulado.

–¡Maldición! –dijo más para sí que para Aimee–. Últimamente no salta bien este cacharro. ¡Esta casa se me está cayendo a trozos!

–Iré a abrir el consultorio. ¿Quieres que me lleve esos documentos que Rebecca ha dejado en la mesa del vestíbulo?

–Te lo agradecería.

–Te veré en un rato –dijo Aimee.

–Mmm.

–Gracias por...

–¡Aimee! –dijo con tribulación, pero no se dio la vuelta–. ¿Por amor de Dios, quieres dejarlo ya? ¿Quieres dejar de darme las gracias? Está bien, ¿vale?

–Siento haber...

–Y de disculparte. Por favor... –aspiró hondo–. ¡Por favor, vete!

Lo hizo, sin decir ni una palabra más.

Capítulo 5

UNA LLAMADA para ti, Aimee. ¿Puedes atenderla? –dijo Deirdre, una de las cuatro recepcionistas del consultorio–. Es tu hija.

–La contestaré en la enfermería –dijo Aimee; había estado guardando un pedido que había llegado y no tenía más pacientes hasta la hora de la comida–. ¿Sarah?

–¡Ah, mamá, menos mal!

–¿Te han hecho la ecografía? ¿Y el doctor Gaines, te ha visto?

–Sí, vino a ver la ecografía mientras me la estaban haciendo. Acabamos de llegar a casa.

Aimee notó que estaba más tranquila que el día anterior, y su explicación resultó de lo más lúcida.

–El técnico medió el líquido amniótico –continuó Sarah–. Es una aproximación, claro, no una medida exacta. Señalaron la distancia desde el bebé hasta la pared del útero desde cuatro sitios distintos, y después lo dividieron para obtener el resultado en milímetros. Probablemente esto ya te sonará.

–Algo. Cuéntamelo, de todos modos.

–Bueno, pues con esto se obtiene el índice de líquido amniótico. Normalmente tiene que variar entre diez y veinticinco.

–¿Y en tu caso?

–Ha dado treinta y ocho.

–Demasiado.

–El doctor Gaines dice que lo van a controlar cada dos semanas. Si aumenta, podrían drenármelo. Pero no quieren hacerlo porque eso podría provocar el parto. De modo que quieren que aguante el mayor tiempo posible. Por cierto, decidimos que queríamos saber el sexo del bebé. ¡Es una niña!

–¡Oh, cariño, qué bien! Eso es lo que tú querías, ¿no?

–Sí, es cierto. También me hubiera encantado si hubiera sido niño. Pero en este momento lo único que me importa es que esté bien. El doctor Gaines dice que tengo que hacer mucho reposo.

–¿Y eso es todo?

Se produjo una pausa.

–No. No es todo. Está preocupado porque en la ecografía no ha podido ver el estómago; el del bebé.

–Ya...

–Debería haberse llenado un poco, ya sabes, porque los bebés tragan líquido amniótico cuando están en el útero.

–Eso es.

–Y entonces el estómago se les ve muy bien. Pero en mi caso no –añadió Sarah con preocupación–. De modo que no sé nada, de verdad –continuó–. Tal vez el doctor Gaines sepa exactamente qué es lo que va mal y no quiera decírnoslo aún.

–Modernamente, los médicos ya no suelen ser así –la tranquilizó Aimee–. Si supiera algo con seguridad, os lo habría dicho.

–No, claro, todo fueron conjeturas. Dijo que quizás el bebé tenga un problema en el esófago y que eso le impida tragar –Sarah soltó una risilla nerviosa–. Por una hernia, tal vez, que le tengan que operar después de nacer –dijo–. En cuanto el bebé sea lo suficientemente fuerte. Ay... pero es que no soy capaz de imaginármelo. Una operación. Ay, mi bebé. Tan pequeña. Pero el doctor Gaines no hace más que hablar con hipótesis.

–Entonces debes hacer lo que él te diga, cariño –le dijo Aimee en tono tranquilizador–. Tienes que tomártelo con calma.

–No me queda más remedio, mamá. Yo... He tomado una decisión, y Jason está de acuerdo. Voy a dejar el trabajo.

–¿Quieres decir renunciar?

–Todo habría sido distinto si el embarazo hubiera sido normal –dijo Sarah–. Pero no lo es, no lo ha sido desde el principio... Y me he dado cuenta de que, cuando tienes un niño, puede pasar cualquier cosa, y no quiero estar en una situación en la que no pueda tomarme tiempo libre para estar con el bebé si lo necesito. Lo único es que, mamá, el dinero...

¡Ahí estaba otra vez el dinero! Aimee odiaba ya el sonido de esa palabra.

–Pedimos el préstamo pensando siempre que tendríamos dos sueldos. Quiero decir, nos las arreglaremos... Probablemente podré trabajar a tiempo parcial, si tengo necesidad, pero...

–No tendrás que hacerlo –se apresuró a decir Aimee–. ¡Sobre todo, no quiero que te preocupes por eso!

Y entonces le contó a Sarah que ella y sus hermanos eran los verdaderos dueños de la casa de Woollahra, lo que había sido el deseo de Alan, cosa que ella estaba empeñada en respetar, por mucho que le costara, aunque eso no se lo contó a Sarah; y que si todos los hijos estaban de acuerdo, ella estaba lista, en realidad empeñada, en vender.

La casa era demasiado grande para ella, terminó de decir, y quería mudarse.

Al pasar por la puerta del consultorio, de camino entre su consulta y la cocina del centro, Marshall oyó las emociones expresadas en la voz de Aimee: la ansiedad, el amor, el entusiasmo, la determinación, y se preguntó qué significarían.

No se permitió a sí mismo quedarse a escuchar la conversación. Él no era un cotilla, y sería inexcusable hacerlo en esa ocasión.

¡Pero cuánto le habría gustado!

Su anuncio de esa mañana le había caído como un jarro de agua fría, totalmente inesperado. Jamás se habría imaginado que ella no se había tomado en serio lo que había empezado a nacer entre ellos.

Pero Marshall quería resolver el misterio.

Se reprendió a sí mismo. ¿Por qué no podía aceptar la situación tal y como era? ¿No esperaría eso de una mujer, si fuera al contrario? Pero ni todos los razonamientos del mundo pudieron calmar el dolor que le cercenaba el corazón.

Había empezado a amar a Aimee Hilliard, y no tenía idea de cómo iba a dejar de hacerlo.

–Oh, vaya, es un lugar precioso –comentó Mónica Farwell, la atildada agente inmobiliaria–. Hay problemas en el tejado, en el camino de entrada y con la valla, lo cual bajará un poco el precio, y hay necesidad de modernizar el baño y la cocina. Pero la mayoría de las personas que quieren comprar por esta zona tienen en mente renovar las casas.

La agente iba de un lado para otro, midiendo las habitaciones con un artilugio electrónico y anotando las cantidades en una libreta. Aimee ya le había comentado que quería una venta rápida, si era posible, y la agente le había persuadido que una subasta era lo mejor en esos casos.

–Se la quitarán de las manos –había dicho la señorita Farwell–. Y a un precio que no habría podido imaginar hace diez años.

Se había ofrecido para enseñarle a Aimee otras viviendas para comprar, y se había sorprendido mucho cuando Aimee le había dicho que prefería alquilar.

–Bueno, lo cierto es que uno no debe precipitarse cuando va a comprar –había dicho la mujer–. Pero al final no haría bien no haciéndolo.

Aimee lo había dejado pasar. Había muchas cosas que estaba aprendiendo a dejar pasar. Como el discreto comentario de Marshall del viernes pasado.

–Me he enterado de que quieres vender tu casa. No estarás pensando en mudarte, ¿verdad?

–No. Solo me quiero ir a un sitio más pequeño.

Eso era todo lo que se había permitido a sí misma decir.

Thomas y William habían accedido los dos a la venta, y estaban contentos por los ahorros que su padre les había preparado para el futuro.

Como sus tres hijos pensaban que su madre tenía el futuro resuelto económicamente, y como ella había presentado la proposición con alegría, ninguno de los tres había sospechado nada.

La última semana en el trabajo, Aimee no había disfrutado en absoluto. Resultaba extraño que antes no se hubiera dado cuenta de la importancia que tenía para ella la presencia de Marshall en el consultorio, y la pincelada de emoción que le había proporcionado cada día.

Llegado el final de la semana anterior, Aimee se había sentido agotada del esfuerzo de relacionarse con Marshall del modo profesional y cortés que ambos habían establecido, y no estaba segura de poder continuar así. Él se había comportado maravillosamente, ¿pero tendría que acabar abandonando ella el centro de salud? La posibilidad se cernía sobre Aimee como un nubarrón, añadida a la preocupación por el bebé de Sarah.

—Tengo todo lo que necesito para el folleto —dijo la señorita Farwell—. Y ya nos hemos puesto de acuerdo en el precio que espera. El papeleo lo hicimos el otro día. ¡Entonces, ya está todo listo!

—Estupendo —Aimee respondió automáticamente.

Diez días después, un jueves a mediados de agosto, la semana después del maratón de Sidney donde Marshall se había clasificado entre los mil primeros corredores, Aimee había aceptado una oferta para la casa. También había empezado a hacer la maleta, aunque aún no había comenzado a buscar una casa para alquilar.

No había tenido tiempo. Una de sus tarjetas de crédito estaba ya rozando el límite, y la otra estaba acumulando cargos diariamente puesto que tenía que pagar las facturas de los obreros que habían ido a hacer algunas remodelaciones en la casa. Ya había calculado lo que podría pagar mensualmente de alquiler.

A la mañana siguiente, las noticias no fueron buenas. Marcus Gaines aún no tenía pruebas de que el bebé estuviera tragando con normalidad y llenando el estómago, y el índice del líquido amniótico de Sarah era ya de cincuenta milímetros.

Jason llamó a Aimee a la hora de la comida y se lo contó.

—Van a intentar drenarle un poco de líquido, pero estamos muy asustados. Aparentemente, podría ponerse de parto, y solo está de treinta semanas. Lo que pasa es que, si no se lo sacan y la presión sigue aumentando, seguramente se pondría de parto de todos modos.

—¿Van a internarla esta noche?

—Sí, durante un par de días —dijo—. Tengo que dejarte, Aimee —añadió distraídamente—. Están listos para empezar y Sarah quiere que esté con ella.

—Claro —Aimee sintió que se le cerraba la garganta—. Estoy pensando en los dos, Jase. Sabéis lo mucho que os quiero. Y también al bebé.

Después de colgar tuvo que volverse de espaldas a la mesa de recepción durante varios minutos, intentando no llorar y deseando haber pasado la llamada a un sitio más privado.

Al menos no había jaleo en el consultorio. Ya no quedaban pacientes, y la mayoría del personal había salido a comer o a hacer recados. Acababa de terminar de ordenar la enfermería antes de la llamada de Jason. Había pensado en salir al banco, pero eso tendría que esperar. No tenía ánimos para ocuparse de nada en ese momento. En cuanto al almuerzo, tenía un sándwich en el bolso, pero tampoco le apetecía.

Oyó que alguien se acercaba a espaldas suyas, y sin darse la vuelta supo que era Marshall.

—¿Es Sarah, Aimee?

Ella asintió y se tragó las lágrimas. No podía llorar delante de él, porque entonces Marshall la estrecharía entre sus brazos y...

Pero no lo hizo. Había sido muy cabal y cuidadoso durante esas dos semanas, un modelo de cortesía y honor. ¿Entonces, cómo era posible que ella pudiera sentir su ternura con la misma fuerza que si él la estuviera abrazando?

—El nivel de líquido amniótico ha aumentado —le informó—. El índice es de cincuenta milímetros. Tienen que drenarle líquido, y tengo tanto miedo...

—De que pueda nacer prematuro, ¿no? —terminó de decir por ella—. ¿De cuántas semanas está?

—De treinta.

—Las posibilidades hoy en día son muy, muy buenas —dijo, y se aproximó más a ella.

Estaban muy cerca el uno del otro, lo suficiente como para tocarse, pero ninguno de los dos lo hizo.

—La mayoría de los bebés que nacen a las treinta semanas, no solo sobreviven, sino que no sufren secuelas.

—¿Incluso los que nacen con atresia del esófago? —preguntó con dureza.

El silencio de Marshall fue un claro indicativo de su sorpresa, pero se recuperó enseguida.

—¿Están seguros?

—No del todo —lo miró—. Pero están empezando a pensar que es casi seguro. Aunque no creen poder saberlo con seguridad hasta que nazca el bebé, se-

gún ha dicho Jason y, por supuesto, es una condi-
ción que puede variar en gravedad.

Se produjo otro silencio. Aimee se sentía un poco
mejor después haber compartido su preocupación
con Marshall. Sobre todo la ayudaba saber que
Marshall se interesaba, aunque no pudiera permitirse
a sí misma responderle como en realidad quería.

—Si puedo hacer algo para ayudar, dímelo —añadió por fin.

A Marshall, sus propias palabras le sonaron de
los más secas, pero Aimee se limitó a asentir, y
Marshall notó que seguía esforzándose por no llorar.

Con pena, Marshall pensó que Aimee apenas se
había dado cuenta del sentimiento que subyacía a
sus palabras. Había decidido que una relación entre
ellos no iba a funcionar, y se lo había dicho enseguida. ¿Qué más podía pedir?

En realidad, le hubiera gustado que Aimee lo
amara y poder entender por qué no había querido seguir con él.

Aimee no era como Tania, que lo había utilizado
todo lo que había querido, y después había montado
un número haciéndose la dolida para poner fin a su
charada. Aimee era un mujer madura, sincera y al-
truista... Y también alguien que debería haber ac-
tuado con más sensatez.

Sin embargo, se había comportado como una
adolescente, emocionada en principio y con frialdad
pocos días después.

Sí, estaba confuso, pero no se atrevía a demos-
trarlo, ni a Aimee, ni sobre todo a Rebecca, porque
sabía lo mucho que se enfadaría su hija con él, y
Marshall quería proteger a Aimee de eso.

–¿Papá?

La voz de su hija lo sacó de sus cavilaciones. Salió de su consulta como un león de su guarida, después de ver a su padre caminando de un lado al otro del pasillo, perdido en sus pensamientos.

–¿Estás bien?

–Estoy bien –contestó.

–¿Entonces que estabas murmurando entre dientes?

–Nada.

Ella lo miró con especulación, pero no dijo nada.

–No, de verdad –dijo por fin–. No te creo. ¿Qué es?

–Voy a ver a Joan Allyson esta tarde –improvisó–. Se marcha de luna de miel a África y estaba repasando la lista de pastillas e inyecciones que le tengo que poner. Es un poco peligroso; espero que sepa a lo que se está arriesgando. Si yo me fuera de luna de miel, me iría a un bungalow en algún lugar de la Gran Barrera de Coral o a un hotel de lujo en Hawai.

–¿Estás pensando en irte de luna de miel? –Rebecca le preguntó.

–No –contestó con tristeza, y demasiado tarde se dio cuenta de lo reveladora que había sido su contestación.

–No sé cómo, pero me había dado la impresión –dijo su hija entre dientes–. Será mejor que vaya a comer algo o me voy a desmayar. Este bebé está creciendo. ¡Ojalá Harry no estuviera fuera hoy!

–Rebecca, no...

Pero ella no se quedó a escuchar lo que su padre le iba a decir. Se metió en su consulta, salió con el bolso al hombro y avanzó por el corredor con los hombros derechos y tal determinación que Marshall adivinó que tenía la intención de comportarse mal.

Y eso era algo que él estaba empeñado en no hacer. En realidad, era lo único que lo mantenía vivo en ese momento, ese sentido de honor inglés que corría por sus venas. Pero le resultaba tremendamente difícil, de modo que se encerró unos momentos en su despacho, apoyó los codos sobre la mesa y la cabeza entre las manos, soñando que era un hombre latino de sangre caliente que montaba a Aimee a lomos de un pura sangre y se la llevaba a una playa desierta donde ella, temblando de deseo, le confesaba su amor por él...

En la sala de espera, Rebecca estaba hablando con Aimee.

—¿Has preparado ya la camilla para la extirpación del carcinoma de piel del señor Fox, Aimee? Lo voy a necesitar justo después del almuerzo.

Pareció totalmente una acusación velada, y Aimee se estremeció.

—Estaba pensando en tomarme un descanso ahora, pero lo haré en cuanto me haya tomado el sándwich.

—De acuerdo. Me parece bien. Espero encontrarlo listo cuando vuelva.

La doctora embarazada salió por la puerta del consultorio sin decir más. La conversación entre ellas dos había sido normal, pero el tono dejaba mucho que desear.

A solas en la sala de espera, Aimee se apoyó sin fuerzas sobre la mesa de recepción, segura de lo que ese tono significaba.

¡Rebecca lo sabía!

Se había preguntado si Marshall le habría dicho algo a su hija. En las últimas dos semanas, Rebecca le había lanzado algunas miradas llenas de curiosidad y sospecha, además de alguna que otra pregunta hecha al pasar sobre cómo había pasado el fin de semana, de las que Aimee había salido del paso lo mejor que había podido.

Para ser sinceros, Aimee se había dado cuenta de lo mucho que le había costado a Rebecca ser agradable con ella, sobre todo delante del resto de los empleados del centro, que podrían haber sospechado pero que no lo tendrían seguro. Pero en ese momento Rebecca había desenmascarado su hostilidad hacia ella.

A Rebecca nunca le había hecho gracia que ella y su padre estuvieran juntos. Eso hizo que Aimee se reafirmara en la decisión que había tomado con respecto a Marshall. Pero el hecho de que la hija de Marshall la detestara tanto le resultaba una forma de vengarse muy amarga.

—¿Cómo estás hoy, Joan? —Marshall le preguntó a su paciente.

La mujer parecía cansada e infeliz, al contrario que el día de su última visita en la que había estado tan radiante. No era posible que algo malo hubiera ocurrido en tan poco tiempo.

Entonces sintió que se hacía un nudo en el estómago al pensar en él y en Aimee, y la rapidez con la que su relación se había estropeado.

Joan se sentó de frente a él.

–Estoy un poco preocupada –reconoció–. En realidad, estoy muerta de miedo. La mamografía que me hicieron... Me dieron los resultados el viernes pasado, y parece ser que tengo algo. Tuve que volver a la clínica para que me hicieran una biopsia.

–¿Y estás esperando a que te den los resultados? –adivinó Marshall–. Lo siento, Joan. Esperar una cosa así es horrible, ¿verdad? El tiempo transcurre con tanta lentitud.

–Me dijeron que los tendrán mañana por la tarde –dijo.

–Aún debe de dolerte.

–Sí, bastante. ¡Y las vacunas no me van a ayudar, que se diga!

–¿Sabes lo que pienso? –dijo despacio–. Dejemos las inyecciones para otro día. Sé que tienes prisa, con la boda tan cerca, pero pide cita conmigo para el lunes. Espera a ver los resultados de la biopsia.

Joan parecía muy angustiada.

–Oh, Dios mío, si resulta que tengo algo malo, quieres decir que ni siquiera necesitaré vacunarme porque no podré ir a África después de todo.

–Es posible –reconoció Marshall–. Aunque yo lo he dicho pensando más en que querrías recuperarte de la biopsia antes de arriesgarte a una posible reacción de las vacunas. Será mejor que nos tomemos las cosas con calma.

–Es cierto –asintió–. Estoy muy nerviosa por la boda. A los cincuenta y ocho no debería, pero lo estoy. Te lo aseguro, el que piense que el amor es más fácil la segunda vez, es que no lo ha pasado.

Marshall consiguió echarse a reír, y después despidió a Joan.

–Llámame cuando te den los resultados de la biopsia –le dijo antes de salir–. Después me enviarán una copia, pero prefiero enterarme en cuanto lo sepas.

Aimee estaba en la enfermería, ordenándolo todo después de la extirpación del carcinoma de piel que Rebecca acababa de hacer. Rebecca llevaba a cabo cirugía menor como aquella con facilidad y eficiencia.

Aimee levantó la cabeza y vio a Marshall en cuanto apareció a la puerta.

–Tengo todo listo para Joan –dijo.

–No se las vamos a poner hoy –le dijo Marshall, dominando su tono de voz.

Cada vez que la veía, Marshall evocaba el recuerdo del cuerpo de Aimee entre sus brazos, disparado por el aroma floral de su perfume, que le llegó en ese instante a pesar del olor a antiséptico y medicinas de la enfermería. Le temblaron las manos al recordar la textura sedosa de sus cabellos plateados. Sus labios recordaron la calidez del cuello de Aimee, de su rostro y de sus pechos. Pero estaba empeñado en que ella no se diera cuenta de nada de todo eso.

–Está esperando a que le den el resultado de una biopsia que le hicieron el martes –le explicó, buscando refugio en la conocida terminología clínica.

–¡Ay, no!

–Sí, por eso me pareció que no tenía sentido ponerle las vacunas aún, pero espero que podamos hacerlo la semana que viene.

Aimee asintió, y Marshall se dio cuenta de que su pensamiento había vuelto a su hija.

–¿Sabes algo más de Sarah? –no pudo resistirse a preguntar.

–Aún no –contestó–. Lo siento, Marsh, estoy sobre ascuas. No soy muy buena compañía en este momento –bromeó débilmente–. Jason me dijo que llamaría en cuanto pudiera. Si se pone de parto por el drenaje, podría pasar dentro de las próximas cuarenta y ocho horas, según les han dicho, de modo que durante los próximos dos días no voy a estar normal.

Como si lo hubieran conjurado con el pensamiento, el teléfono de la enfermería empezó a sonar en ese momento. Aimee lo descolgó, escuchó un momento y después dijo:

–Sí, Bev, pásamelo.

Marshall tenía un paciente esperándolo, pero eso solo llevaría un momento.

–¿Jason? –contestó Aimee con voz temblorosa–. ¿Qué tal ha ido? Ah... Eso es mucho... ¿Ah, sí? ¿Pero está... ? –se produjo una larga pausa–. De acuerdo, me alegro de que la vayan a dejar ingresada. Voy para allá en cuanto salga del trabajo. Cuida de ella, Jase... Sí, sé que lo harás. Os quiero. ¡Y al bebé! Adiós.

Aimee levantó la vista y lo miró, tratando su presencia allí como algo natural, cosa que le alegró y confundió al mismo tiempo. En realidad no tenía derecho a ser el primero en escuchar la noticia. ¿Pero si ella no quería compartir su vida con él, por qué no lo echaba como había hecho hacía dos semanas? ¡Eso se lo habría puesto mucho más fácil!

–Cuéntame. ¿Qué ha pasado?

–Le han drenado casi tres litros de líquido –le informó Aimee–. Le dieron algunas contracciones, pero le han dado un medicamento para relajar el útero y calmarle el dolor.

–¿Entonces no ha dado señales de que fuera a ponerse de parto?

–Aún no. Van a tenerla en observación esta noche. Jason dijo que notó cómo el vientre le disminuía a medida que el iban sacando el líquido.

–Se sentirá mucho más cómoda.

–Eso espero.

–No te preocupes, Aimee.

Ella sonrió débilmente, y Marshall salió antes de decir algo todavía más pueril, sintiéndose como un chiquillo de dieciséis años encerrado en el cuerpo de un hombre maduro.

En ese momento odió su género y su educación. ¿Con quién podía hablar de todo aquello? ¡Con nadie!

Pensó en Rebecca y en ese momento descartó la idea. Era demasiado hostil. Condenaría a Aimee totalmente, y eso no era lo que Marshall necesitaba escuchar. Lo último que deseaba era terminar odiándola. ¿Tal vez Harry, el marido de Rebecca?

No.

Los dos iban a jugar al golf ese domingo. Marshall le había aficionado a ello. Y como últimamente Rebecca se negaba categóricamente a poner un pie en un campo de golf, él y Harry podrían hablarse con franqueza mientras avanzaban despacio por el campo. ¡Ay, pero podría resultar horroroso! Dos o tres comentarios masculinos concluyendo que las mujeres eran un misterio para ellos. Marshall se sentiría expuesto y ridículo, ¿y para qué?

A solas ya con su paciente, Marshall empezó a atenderlo con un brío que no sentía.

—Bueno, señor Martin, cuénteme.

En la enfermería, Aimee le contó a Grace, la esposa de Marcus Gaines, cómo estaba Sarah.

—He estado pensando en ella, y en ti —dijo la doctora pelirroja—. Marcus hará todo lo posible con ella, por supuesto. No creo que Sarah se arrepienta de haberlo elegido. Siempre ha sido un médico dedicado, además, dice que el hecho de perder a nuestro hijo lo ha ayudado a entender mejor lo duro que puede ser para otras personas cuando las cosas se tuercen.

—Se lo conté a Sarah. Espero... , espero que no te importe —dijo Aimee, que se lo había contado a su hija para que se sintiera más segura con el doctor Gaines.

—En absoluto —contestó Grace—. Nosotros... ya somos capaces de hablar de la muerte de James con más tranquilidad —dijo en un tono lleno de afecto.

A última hora, Aimee vio a la paciente de Marshall, Hilde Deutschkron, en la sala de espera en compañía de su hija. La señora Deutschkron no tenía buen aspecto, y su hija parecía triste

Tampoco Marshall parecía muy animado después de recibirlas, y Aimee no pudo evitar preguntarle.

—¿Ha tomado ya una decisión con lo de la quimioterapia?

—Sí —dijo, y entonces suspiró—. No va a hacerla.

—¿Esperabas que la hiciera?

Él se dirigió hacia la cocina a prepararse una taza de café, y Aimee lo siguió puesto que eso era lo que él parecía estar esperando. Ya en la cocina, Aimee vio que preparaba dos tazas.

–No lo sé –contestó–. No sé por qué me siento así. Había pensado que apoyaría esta decisión. Pero me dio la impresión de que Hilde tampoco está totalmente convencida de ella.

–¿Y qué te hace pensar eso?

–No sé... Lo dijo con una actitud tan desafiante... Casi como si me estuviera pidiendo que le diera una buena razón para sentirse diferente, solo que yo no fui capaz de dársela. Siempre ha sido una mujer tan vitalista... Esta no es una decisión que le haya salido de dentro, sino una decisión racional. Y no me fío de la cabeza de una persona cuando dicta algo en contra de un corazón que en el pasado siempre ha destacado por su utilidad e intuición.

Aimee se quedó callada, pensando en el modo en que sus palabras reflejaban lo que sentía por él. Su cabeza había tomado la decisión apropiada, pero eso no impedía que el corazón siguiera protestando.

–Eso lo has expresado muy bien.

–¿Si?

Marshall sonrió brevemente mientras vertía agua caliente sobre los gránulos de café en el fondo de la taza. Añadió una gota de leche, agarró la taza y salió de la cocina, de modo que la conversación se quedó colgando en el aire, insatisfactoria e inconclusa.

Lo mismo que su relación.

Aimee tomó un sorbo de su café y tiró el resto al fregadero. El estómago no se lo admitía.

Capítulo 6

SEÑORA Deutschkron, me he preocupado al ver su nombre en mi lista de citas otra vez tan pronto –le dijo Marshall a la mujer el viernes por la mañana.

Habían pasado menos de veinticuatro horas desde su visita. Su hija no estaba con ella, y Hilde Deutschkron había ido en taxi.

Esa mañana no se sentía demasiado animado. Le había preguntado a Aimee por Sarah y ella le había contestado de manera aséptica, como si se arrepintiera del modo en que le había hecho partícipe de la noticia buena el día anterior.

Sarah se sentía mucho más cómoda, le había dicho Aimee. Las contracciones del útero habían cesado. No había dilatación alguna. Marcus se mostraba optimista con reservas, y Jason y Sarah muy animados ambos.

–¡Así que te alegrarás al saber que por fin podré ganarme mi sueldo hoy en la consulta! –le había dicho Aimee, como si él solo se lo hubiera preguntado para vigilar el desempeño de su trabajo.

El que hubiera interpretado mal sus motivaciones lo entristecía, y Rebecca se habría puesto furiosa de haberlo oído. Gracias a Dios, no había sido así.

Y encima la señora Deutschkron...

–No tiene por qué preocuparse –dijo con firmeza en aquel enfático acento alemán–. He venido a retractarme de todas las tonterías que dije ayer. ¡Quiero hacer el tratamiento, por favor! ¿Podría empezar pronto? ¡Dígame cómo será!

–Ha cambiado de opinión –clarificó Marshall.

–Sí –le confirmó ella–. Y siento mucho haberle hecho perder tiempo.

Había en ella una alegría que había estado ausente el día anterior, y él concluyó lo que debería haber concluido, de haber estado más lúcido, nada más verla.

–Le han dado una buena noticia, ¿verdad?

–He recibido una noticia maravillosa –le aseguró–. Mi hija se va a casar. ¡Ya era hora! ¡Tiene treinta y ocho años! Voy a estar en la boda; y será una boda como Dios manda. Ya les he dicho que no voy a permitir que utilicen mi enfermedad como excusa para irse corriendo al juzgado y casarse con una falda por la rodilla! ¡No, gracias!

La señora Deutschkron sonreía, y Marshall se contagió de su felicidad y buenas vibraciones. Como intuyó que había una historia detrás de todo aquello, le pidió que se la contara.

–Pues mire –la señora Deutschkron se acomodó en el asiento–. Parece ser que mi hija lleva un año saliendo con este hombre, pero a mí no me había querido contar nada porque, según ella, no sabía cómo iba a terminar la cosa –la señora Deutschkron sacudió la cabeza, como si en su generación jamás hubiera podido darse la posibilidad de una ambigüedad en tales materias–. Pero ayer se quedó disgustada conmigo por la decisión que tomé, y se lo contó a Jonathan, que así es como se llama su futuro esposo. Entonces, él le propuso casarse a ver si eso me hacía cambiar de opinión. ¡Vaya proposición de matrimonio! Yo la habría rechazado. Gracias a Dios, mi hija no lo ha hecho. Anoche lo llevó a casa para presentármelo, y ya está todo arreglado. ¡Qué le parece!

Levantó los brazos en gesto de desconsuelo y Marshall se echó a reír con ganas.

—Estupendo –comentó Marshall.

—Es maravilloso –concedió su paciente–. Y si hay alguna esperanza de que este tratamiento me permita vivir hasta que tenga un nieto...

—Tal vez, Hilde –le dijo–. Tal vez.

Hacia el mediodía Marshall recibió otra buena noticia. Joan Allyson lo llamó para comunicarle el resultado de la biopsia.

—Es algo llamado adenoma fibroso, aparentemente, y no un tumor –dijo–. Nada preocupante.

—¡Qué estupendo, Joan! –le dijo–. Me alegro por ti.

Joan se puso las primeras vacunas el lunes siguiente, y cuando terminó con todas, se casó. Mientras tanto, la señora Deutschkron empezó a darse los ciclos de quimioterapia, que serían seis repartidos en seis meses.

En el consultorio, estaban ocurriendo acontecimientos importantes en las vidas de algunas de las personas allí empleadas. Rebecca había empezado a notar los primeros movimientos del feto, y estaba llegando a la mitad de su embarazo. Grace había anunciado que estaba embarazada de nuevo, y claramente muy contenta con la noticia. Y Aimee había vendido bien la casa.

–Ahora estoy viviendo en Summer Hills –le había dicho a todo el mundo en la reunión del personal a principios de octubre–. Mi dirección y número de teléfono nuevos están en recepción.

Marshall esperó a estar solo en la recepción para mirar la dirección de Aimee. Ella no le había hablado a nadie de la mudanza, razón por la cual él intuyó que no había sido algo que había hecho de buena gana, cosa que por otra parte no tenía sentido. ¿Los deseos de quién tenía que considerar aparte de los suyos?

Esa noche en su casa, Marshall buscó la calle donde vivía Aimee en el callejero. Después de casi dos meses, aún no entendía qué le había llevado a Aimee a terminar con él. En ese momento pensó en lo que pensaba a menudo, que había entre ellos una armonía natural. Marshall la sentía.

Pero a pesar de esa consonancia, a veces ella parecía atormentada por su presencia, y a menudo evitaba encontrarse con él para no pasar con Marshall más tiempo del que le exigiera su trabajo. A Marshall se le antojaba muy extraño que ella lo hubiera rechazado justo cuando su hija había empezado a tener problemas con su embarazo, ya que él sabía que en esos momentos era cuando ella más habría necesitado de su apoyo.

Aún así, aquel era el tema en el que mejor conectaban. Sarah no se había puesto de parto cuando le habían drenado el líquido, pero todo el consultorio sabía que podría ocurrir en cualquier momento.

–Hoy le van a hacer otra ecografía –Aimee le contó a Deirdre, la recepcionista, el primer jueves del mes de octubre.

Aimee no había pegado ojo en toda la noche. Después de llevar menos de una semana en su casa nueva, aún no se había acostumbrado al ruido del tráfico de la calle Croydon, pero sentía agobio y claustrofobia en el pequeño apartamento del segundo piso si dormía con las ventanas cerradas.

Mientras abría el consultorio esa mañana, pensó que tal vez pudiera cambiar de domicilio, marcharse a los alrededores de Sidney, a un sitio que tuviera dos dormitorios en lugar de uno. En el mismo Sidney los precios eran prohibitivos, y los extractos de sus cuentas seguían siendo lamentables.

Pero una de las cosas positivas era que Jason y Sarah habían podido cancelar la hipoteca, y Aimee notaba a su hija más relajada. Podría quedarse en casa con el bebé todo el tiempo que quisiera, y eso había cobrado importancia para Sarah y Jason a medida que las posibilidades de que el bebé tuviera problemas aumentaban.

–El doctor Gaines está planeando sacarle otra vez líquido –Aimee continuó contándole a Deirdre–. Está como un globo, y muy incómoda, la pobre.

–¿De cuántas semanas está? –preguntó Deirdre.

Aimee vio a Marshall un poco más allá, consultando un archivo. Sabía que estaba escuchando lo que decía, y a Aimee la molestó, aunque por otra parte se daba cuenta de que resultaba ilógico sentirse así. Lo cierto era que ella quería que él lo supiese; que eso era un consuelo para ella. Y era culpa suya que él no sintiera libertad para preguntárselo abiertamente.

—De treinta y siete —le contestó a Deirdre, y vio que Marshall dejaba de disimular y se acercaba a escuchar.

¡Mucho mejor! Bastante horrible le resultaba ya a Aimee el que estuvieran todo el tiempo fingiendo el uno con el otro.

—Lo cual está bien, si el bebé es normal —dijo—. Pero si tiene el esófago incompleto... si hay que operarlo...

—¿Quieres tomarte el día libre? —le ofreció Marshall, y Aimee se volvió hacia él.

—¡No! —exclamó con brusquedad—. ¡Gracias! —continuó en tono áspero mientras intentaba en vano controlarse—. Ya me lo has ofrecido antes, pero no serviría de nada. ¿Es que no te lo he dicho ya? Yo no puedo hacer nada. Sarah no me necesita, dando vueltas en el hospital. ¡Por favor, deja de sugerírmelo, Marshall!

—De acuerdo, no te lo volveré a decir —dijo con serena dignidad—. Pero la oferta sigue en pie, Aimee. Nos las apañaremos. Cuando lo necesites, ve con tu hija.

Aimee asintió y le dio las gracias de nuevo en tono seco.

Estaba avergonzada porque sabía que se había comportado muy mal, y encima delante de Deirdre. Menos mal que Rebecca no estaba por allí, porque según pasaban los días, cada vez se sentían más incómodas cuando estaban juntas, aunque las dos hacían lo posible para no coincidir.

Aimee jamás había experimentado el vergonzoso

tormento de estar celosa de la buena suerte de otra persona, y luchaba contra ese sentimiento, aunque no siempre con éxito.

Rebecca estaba tremendamente jovial con su embarazo, y no era justo que Sarah lo estuviera pasando tan mal. Y encima estaba el temor por la salud del bebé.

—¿Quieres un té? —le ofreció Deirdre.

En ese mismo instante Rebecca entró cantando por la puerta principal.

—Sí, por favor —contestó Aimee apresuradamente.

—¡Buenos días a todos! —dijo Rebecca alegremente, y Aimee tuvo que hacer un gran esfuerzo para contestarle.

Jason la llamó una hora después, cuando el consultorio estaba bullendo de actividad matinal.

—El índice de líquido amniótico estaba por las nubes. Le han drenado un poco más de tres litros —le informó—, pero le están dando algunas contracciones —parecía nervioso y agotado—. Las medicinas no parecen estar haciéndole demasiado efecto, y están preocupados de no poder controlarlas.

—¿Y eso es malo? —Aimee le preguntó inútilmente—. ¿Quiero decir, qué han dicho? ¿Está el doctor Gaines?

—Ha estado yendo y viniendo. Están las enfermeras. Estoy perdiendo el hilo, Aimee. Sarah no lo está llevando mal. Pero a juzgar por su estado, creo que se va a poner de parto.

—Muy bien, muy bien —susurró su suegra.

Su yerno repitió lo mismo, pero nada estaba bien.

Era su hija, carne de su carne. Había dado a luz tres veces. ¿Cómo era? Ya no lo recordaba...

–Tengo que volver con ella –dijo Jason–. Dice que le duele más cuando no estoy a su lado.

–¡Oh, sí! ¡De eso me acuerdo bien! –Aimee recordó el apoyo de Alan, y que su mera presencia le había bastado–. Ve, Jason –le dijo–. Y dale un beso de mi parte.

–Te empeñas en no marcharte, ¿verdad? –la suave voz de Marshall a espaldas suyas la sorprendió.

–No –contestó–, pero voy a llamar al hospital.

Sintió la mano de Marshall tocándole suavemente el hombro. Cuando empezó a sentir el calor de su mano, él la apoyó con más firmeza. Marshall le había dado tiempo, Aimee estaba segura, para que se retirara y rompiera el contacto si no lo deseaba.

¡Ay, pero cuánto lo deseaba! ¡Lo deseaba tanto!

Hacía meses que ya no la tocaba deliberadamente. Y en ese momento Aimee se apoyó sobre él y se sorprendió de lo bien que se acoplaba a su cuerpo, a pesar de la discrepancia que ella había sembrado entre ellos dos. De pie a espaldas suyas, él la rodeó con sus brazos. Aimee sintió todo su cuerpo, desde el pecho donde reposaba su cabeza, hasta su estómago y sus piernas. Pero hasta que no sintió sus labios besándole en la cabeza, Aimee no se dio cuenta de lo injusto que eso era para los dos, y que tenía que terminar con ello.

–Debo hacer una llamada –susurró y se apartó de él.

–Cuéntame lo que ha pasado –la urgió con aspereza–. Ya sabes lo mucho que me preocupa, Aimee.

Ella asintió, y cerró los ojos inconscientemente, e intencionadamente confundió sus palabras.

–El consultorio entero se preocupa –le contestó–. Y eso es una gran ayuda.

Llamó al hospital y le pasaron con la persona adecuada.

–Aún no sabemos lo que va a pasar. Le están dando contracciones fuertes pero irregulares. Tal vez se le calmen.

La información fue lo suficientemente tranquilizadora como para continuar con su trabajo, y no volvió a saber nada más hasta casi las tres de la tarde, cuando Jason llamó y le dijo atropelladamente:

–No se le quitan. Ya está de parto. Tiene contracciones cada minuto, y ya tiene siete centímetros de dilatación. Estoy muy preocupado.

–En cuanto termine el trabajo me iré directamente al hospital –le prometió apresuradamente, pero él ya había colgado.

–¿Aimee, por qué no te marchas ya? –dijo Rebecca en tono amable, tras haber oído la promesa de Aimee y la urgencia de su tono.

–¡No quiero que nadie me vuelva a decir eso otra vez! –amenazó con brusquedad, pero enseguida se mordió el labio.

¡Maldita sea! Rebecca tan solo estaba intentando ser amable. ¡Le había hablado con tanta amabilidad, y ella lo había fastidiado todo!

–Lo siento, Rebecca, eso ha sido una salida de tono por mi parte...

–Eh... –la joven le tocó el brazo y Aimee se sorprendió al ver lágrimas en sus ojos–. ¡Por favor, no te disculpes! Todos sabemos lo que está pasando. Debes de estar hecha un manojo de nervios, y me parece increíble que sigas aquí, y sigas trabajando con la eficiencia, la calma y la amabilidad de siempre.

–Oh, Rebecca...

Rebecca se sorbió la nariz y tuvo que sacar un pañuelo de papel de una caja que había en la mesa.

–Son las hormonas –dijo–. Lo siento. Estoy pensando en ese bebé.

–Tal vez le saque sangre a Morgan y me marche después –concedió Aimee, conmovida por la comprensión de Rebecca cuando la situación era tan tensa entre ellas.

–Hazlo –dijo Rebecca–. Y llama a alguien... a papá, por ejemplo –sugirió con vacilación–, cuando sepas algo.

–De acuerdo.

Le sacó la sangre al paciente y se marchó a las tres y cuarto. Siete minutos después llegó al Hospital de Southshore.

Una enfermera a la entrada de los paritorios le informó.

–Le falta muy poco. Enseguida nacerá.

Quince minutos después, Jason apareció para darle la noticia con ojos llorosos y una sonrisa en los labios.

–Ya ha nacido. Es preciosa. Pequeñita. Pesa dos kilos. La llamaremos Bonnie Louise. Se la han llevado para ver cómo está.

Desapareció de nuevo, y una enfermera que pasaba le sugirió a Aimee que se tomara una taza de té, aunque Aimee solo pudo dar un sorbo. Entonces apareció Jason de nuevo.

–Han confirmado el diagnóstico –dijo–. Atresia del esófago y fístula esofágica.

Aimee había rezado para que las noticias fueran mejores. Sabía lo peligroso que podía resultar eso, y se preguntó si Jason y Sarah habrían sido informados en detalle o no. Los ácidos del estómago podrían cruzar la débil válvula en la base del esófago y entrar en los pulmones, donde podrían dañar el delicado tejido pulmonar.

–La van a operar en las próximas horas –terminó de decir Jason.

Era la noticia que llevaban dos meses temiéndose, pero eso no contribuía a que la realidad fuera más fácil de sobrellevar. Le permitieron ver un momento al bebé, y Aimee se sorprendió de ver lo pequeña que era Bonnie Louise. ¿Cómo iba a sobrevivir a una operación tan aparatosa?

Aimee sabía que la medicina había avanzado mucho, pero la vida de la pequeña dependía de la cirugía.

Cuando le permitieron ver a Sarah, que seguía en un estado de euforia tras el parto, Aimee tuvo que luchar para no dejar ver su preocupación.

–¡Es preciosa! ¡Y no veas cómo ha llorado, mamá! ¡Con qué fuerza! Dicen que eso es bueno. Y lo he hecho sin anestesia. No quería que nada pudiera afectarla. ¿La has visto ya?

–Sí, es preciosa.

–Y fuerte, ¿no crees?

–Oh, sí, muy fuerte.

Tal vez de espíritu. Tal vez Sarah percibiera la fuerza de su hija con el instinto de madre.

Las dos horas siguientes fueron de un gran aturdimiento. A Sarah la trasladaron a una habitación individual y empezó a bajar de su euforia y a ver la realidad.

Aimee bendijo a las enfermeras por su sensibilidad al darle a su hija una habitación individual cuando la mayoría eran dobles. Lo que menos necesitaba Sarah era ver a otra mujer disfrutando de su bebé sano y normal.

Sarah estaba cansada, aún sangrando abundantemente, e impaciente por darse una ducha. Había querido ver a Bonnie una vez más antes de la operación, pero el doctor Gaines la había convencido de que sería mejor que esperara e intentara recuperarse un poco.

—El bebé necesitará que estés fuerte y descansada después —le había dicho.

Y también estaba Jason, intentando hacerse el fuerte, intentando recordar todo lo que le habían dicho los médicos y las enfermeras, intentando hacer todas las preguntas correctas para después contarle lo que le dijeran a Sarah. Aimee sufría por él como si fuera su propio hijo.

Sus padres estaban en ese momento en el extranjero, intentando arreglar algunos asuntos del anciano abuelo de Jason, que vivía en Escocia, y el chico debía de echarlos de menos, puesto que eran unas personas estupendas y los tres estaban muy unidos.

Aimee pudo ver a Bonnie dos veces antes de que se la llevaran a quirófano a las siete. Cuando se llevaron a la pequeña de la incubadora, llena de tubos y cables, Jason dijo enseguida:

—Me voy con Sarah.

Aimee decidió en voz alta.

—Me voy a casa, Jase. No saldrá de la operación al menos hasta dentro de dos horas, ¿no?

–Eso es lo que han dicho.

–Volveré entonces. No te olvides de comer algo, cariño.

Tenía el corazón lleno de comprensión, y quería quedarse, pero sabía que Sarah y Jason necesitaban estar solos, y no la precisaban a ella en ese momento.

Aunque abandonara físicamente el hospital, su espíritu y su cabeza se quedaron allí. La imagen de Bonnie antes de que se la llevaran a quirófano la obsesionaba, y se sintió agotada y aterrorizada. Había visto bebés recién nacidos enfermos y con problemas anteriormente en sus años como enfermera, pero aquella era su nieta, la primera hija de Sarah...

Condujo automáticamente por las calles de la ciudad que tan bien conocía, ya que Sidney era su ciudad natal.

En ese momento, delante de ella, un coche pequeño color amarillo salió rápidamente de donde estaba aparcado y Aimee pegó un frenazo tremendo. Consiguió detener el coche a menos de un metro del otro, pero el coche amarillo se alejó sin que el conductor se disculpara siquiera.

Con las piernas temblándole, arrancó de nuevo, bastante alterada por el incidente, a pesar de que no había pasado nada. Había sido tanto culpa suya como del otro conductor, pero pensó que sería mejor que se fijara más por dónde iba.

Por dónde iba...

De repente miró a su alrededor y sintió una especie de náusea. Aquella no era la ruta que debía haber seguido desde el Hospital de Southshore hasta Summer Hills. Aquella era la calle donde vivía Marshall, un atajo que a menudo había tomado desde Anzac Parade en dirección a Woollahra, bordeando el Parque Centennial.

Pero ella ya no vivía en Wollahra.

Tras echar un vistazo por el espejo retrovisor, aparcó el coche en un sitio libre, demasiado nerviosa para continuar. Se había desviado varios kilómetros de la ruta yendo por allí, y se estaba haciendo de noche. ¿Qué demostraba eso sobre su estado anímico y sobre lo que sentía hacia su nuevo hogar? En realidad, no debería haber conducido en su estado.

Aimee salió del coche para respirar un poco de aire fresco, y cruzó al parque, consciente de que la casa de Marshall estaba a tan solo unos cien metros, a la vuelta de una esquina. Sería tan maravilloso poder verlo, pero eso no era lo que ninguno de los dos necesitaba. Sobre todo tal y como se sentía ella.

Pero al destino no pareció importarle lo que fuera o no conveniente para ambos. Aimee lo vio un minuto después, cuando claramente regresaba de correr por el parque, e iba en dirección a la entrada peatonal a solo unos metros de donde estaba ella.

Al principio él no la vio, y Aimee pensó en evitar el encuentro dándose media vuelta y escondiéndose en el coche hasta que Marshall se hubiera metido en casa. Pero decidió que no quería evitarlo en el mismo momento en que él la vio, y solo le dio tiempo a respirar hondo un par de veces para tranquilizarse antes de que él se plantara delante de ella.

Antes de que Marshall llegara a una conclusión equivocada, Aimee empezó a hablar atropelladamente.

–Hola, Marsh, fíjate qué tonta soy. Me he equivocado de camino sin darme cuenta. La costumbre –intentó reírse pero lo que le salió fue una especie de hipo neurótico–. Entonces, cuando me di cuenta de dónde estaba, me puse tan nerviosa que tuve que aparcar y salir del coche un rato.

Marshall frunció el ceño, con la manos en jarras, y la miró con curiosidad mientras se daba tiempo para que su respiración volviera a ser normal.

–No, soy yo el tonto –dijo despacio–. Por un momento pensé que habías venido porque me necesitabas, porque no habías podido evitarlo. Pensé que necesitabas hablar con alguien de Sarah y el bebé, y que yo era la persona elegida. Pero no debería haber sido tan iluso. Solo Dios sabe que sería demasiado por mi parte esperar que pudieras sobreponerte a ese miedo que te impide aceptar lo que podríamos compartir juntos.

–Marshall, yo...

–No, no digas nada –la miró de nuevo–. Lo siento, eso ha sido imperdonable. Todo lo que he dicho.

–Por supuesto que no. Claro que no, Marsh –repitió con insistencia.

Se quedaron allí, mirándose con desconsuelo. Cada vez estaba más oscuro y Aimee no podía verle bien la cara como le hubiera gustado. Hacía unos momentos estaba muy enfadado. ¿Seguiría estándolo?

La corriente eléctrica que fluía entre ellos era tan fuerte que Aimee tuvo que reprimirse para no tocarlo.

Sabía lo que sentía por él, y lo que podría sentir

si se dejara llevar. Sabía que le había hecho daño, y eso le decía lo que él sentía por ella.

No era que no se quisieran; era la complejidad de sus vidas, la de ella en particular, la que los mantenía separados.

–Lo siento, Aimee –dijo él–. No tengo ningún derecho a sacar este tema ahora, y menos de ese modo. ¡Digamos que actuaste de manera algo irracional, pero que tenías todo el derecho a hacerlo! Por favor, entra un rato a casa y cuéntame qué ha pasado con Sarah y el bebé.

–¿Puedo? –le preguntó–. Yo... creo que lo necesito. Si lo dices en serio...

–Oh, créeme, Aimee, lo digo muy en serio –contestó Marshall.

Capítulo 7

HAS CENADO? –Marshall le preguntó a Aimee nada más entrar.

–No –contestó–. Le dije a Jason que cenara, pero entonces yo... –se echó a reír mientras sacudía la cabeza–. Antes no tenía nada de hambre, pero ahora sí. No he comido casi nada en todo el día.

–Pediré unos platos de comida china a uno de los restaurantes de la zona –decretó, y a ella le pareció bien.

–Cuéntame qué ha pasado –dijo Marshall.

Estaba abriendo una botella de vino tinto, y ya había sacado dos copas, pero ella sacudió la cabeza y le dijo que tenía que conducir después hasta el hospital. En lugar de vino, aceptó un vaso de zumo de frutas mezclado con un poco de agua mineral con gas, y se lo tomó a pequeños sorbos mientras le contaba a Marshall lo de la pequeña Bonnie.

–¿Quién es el cirujano que la está operando? –le preguntó cuando ella concluyó de hablar.

–Denny Rutherford. Me pareció joven.

–¡Sí, un bebé! –Marshall se burló–. Creo que tiene unos cuarenta.

Ella se echó a reír.

–Tienes razón. Se me nota que soy mayor.

–Normalmente no es así, Aimee. Pero, de verdad,

no podría estar en mejores manos. Ha debido de hacer la misma operación muchas veces, tanto aquí como en el extranjero, y no siempre con las mejores condiciones, así que dudo que nada pueda hacerle perder el pulso. Sé muchas cosas de él por mi amigo Gareth Searle que trabaja en el Centro Médico de Southshore, y he hablado con Rutherford en un par de ocasiones.

–Me dejas más tranquila. Además, me ha dado muy buena impresión; creo que Jason también pensó lo mismo.

–¿Vas a volver esta noche?

–Me gustaría.

–Quédate aquí hasta que llegue la hora y yo te llevo después. Ya nos ocuparemos de tu coche mañana –le prometió vagamente.

Pero Aimee sacudió la cabeza.

–Me quedaré un par de horas, gracias por ofrecérmelo, pero iré sola al hospital, Marsh.

Marshall, que estaba consultando los folletos de varios restaurantes chinos, levantó la cabeza y la miró, pero no discutió su respuesta, aunque le hubiera gustado, desde luego. El mero hecho de tenerla en su casa le producía una mezcla de complejos y efervescentes sentimientos.

En primer lugar sentía alegría, ya que hacía dos meses que Aimee no estaba allí con él, y también un gran empeño de que las dos horas siguientes fueran para ella lo más agradables posibles.

En segundo lugar, una punzada de dolor por saber que nada había cambiado en realidad. Había acudido a él por pura necesidad y casualidad, y sabía que si la agobiaba con el tema de su relación, se cerraría en banda y sacaría las uñas.

Además, lo único que quería era cuidarla, aunque le daba la ligera impresión de que eso no le iba a gustar. Pensándolo bien, Aimee siempre había insistido en hacer las cosas sola, en ser independiente.

Marshall había empezado a pensar en el matrimonio de Aimee, y si sería por eso por lo que se negaba a volver a compartir de nuevo su vida con un hombre.

¿Habría sido un matrimonio infeliz? ¿Habría sido Alan Hilliard un hombre dominante?

Marshall no lo sabía, pero sintió que no debía preguntárselo directamente, de modo que asumió que así había sido y que se basaría en eso de ahí en adelante. Mientras paladeaba el tinto afrutado, se sintió más animado de lo que se había sentido desde el mes de agosto.

Tal vez sería cuestión de tomarse las cosas más despacio, de tener más tacto.

Encontró el menú del restaurante que había estado buscando, lo extendió sobre la mesa de centro, y Aimee y él lo consultaron, sentados los dos en el gastado sofá de flores.

—Yo quiero gambas —decretó ella.

—¿Te gustan las gambas?

—¿A ti no?

—No, me encantan —dijo—. Pero a algunas personas no.

—A Alan no le gustaban.

¡Ajá!

—¿Y eso te impedía comerlas?

—Bueno... él decía que no era bueno comerlas.

Aimee no había contestado directamente a su

pregunta, pero él no insistió más, sino que sintió una oleada de la misma satisfacción que había sentido momentos antes.

—Me apetece sopa de primero —dijo Marshall—. Y de segundo algo especiado. Carne, creo.

También se decidieron por un plato de tofu y otro de verduras con tallarines.

—Así mañana no tendrás que cocinar, porque va a sobrar.

Después de pedir, siguió sintiendo la misma impaciencia por entretenerla.

—Ven a ver mi cuarto de baño nuevo.

—Ah, ¿te lo han terminado por fin?

—La semana pasada. Me duché durante veinte minutos para celebrarlo.

—¡Derrochador!

—La primavera pasada llovió mucho —arguyó Marshall—, y los pantanos están llenos.

Iban subiendo las escaleras mientras hablaban. Él la condujo por el pasillo y al llegar a la puerta del baño, Marshall se echó a un lado para observar la expresión de su rostro mientras asimilaba la sinfonía de verdes, blancos y dorados. Respetando el carácter de la vieja casa, Marshall se había decantado por algo elegante y lujoso.

—¡Es precioso! —exclamó Aimee—. Pero pensé que odiabas las bañeras.

—Lo sé —sonrió con pesar—. La bañera es enorme, pero no la he puesto por mí; es por si decidiera vender. Me aseguraron que, últimamente, la gente que quiere comprar una casa no se resiste al ver una bañera de este tamaño.

—Yo también lo creo. ¿Cómo podría resistirse

cualquier comprador ante una bañera como esta? ¿Estás pensando en vender?

–Tal vez –reconoció.

Aimee notó la brusquedad que de pronto había impregnado sus palabras, y deseó no habérselo preguntado. Entonces, para colmo de males, él notó su arrepentimiento.

–No es algo que me quite el sueño, Aimee –dijo–. Pero, la verdad, esta casa es demasiado grande para una sola persona, y tal vez sea hora de mudarme. Quizás a una casita junto al mar, en lo alto de un acantilado, y ejercer en un bonito y tranquilo centro de salud de campo, donde haya muchos pacientes jubilados.

–¿Quieres decir que aparte de dejar esta casa, estás pensando en dejar el consultorio y Sidney?

La idea fue demasiado inesperada como para darle tiempo a ocultar su sorpresa. Y sin embargo, tal vez sería mejor para los dos si él se marchaba.

Marshall la miró con curiosidad.

–Las personas cambian –dijo–. Tú acabas de llevar a cabo un gran cambio en tu vida, y tal vez por razones similares.

–Yo... Oh, sí –se interrumpió rápidamente–. Una casa pequeña da mucho menos trabajo. Así tendré más tiempo para hacer otras cosas, como por ejemplo ayudar a Sarah, o viajar. Mi hijo Thomas siempre me está prometiendo que me va a llevar con él para enseñarme algunas de sus queridas criaturas.

En ese momento Aimee sintió que en esos últimos días había empezando a tomar de nuevo las riendas de su vida. Tal vez viviera en un sitio que no le gustaba, pero sencillamente podría encontrar mejores cosas que hacer que estar en casa. Lo que no pensaba era dejar que nada de eso le hiciera sentirse derrotada.

Charlaron un rato de sus respectivos hijos, pero ninguno de los dos mencionó a Rebecca.

Entonces sonó el timbre de la puerta. Era la comida que habían pedido al restaurante, aunque aún no habían puesto la mesa.

–¿O quieres que comamos delante de la tele? –sugirió Marshall–. Tengo un par de cintas de vídeo que podríamos ver. Las dos son comedias –añadió Marshall.

Y funcionó.

–Seguramente es justo lo que necesito –confesó Aimee.

–Eso pensé –respondió Marshall, y a ella no se le pasó por alto la nota de serenidad en su voz.

Juntos llevaron un mantel, platos, cubiertos y vasos a la mesa de cristal, y después Marshall puso una de las películas. A Aimee se le pasó el tiempo volando y dejó de pensar durante un rato en la operación de Bonnie.

A su lado, Marshall no dejó de reírse con aquella risa franca y aterciopelada, que enterneció y tranquilizó a Aimee. Él le sirvió un poco más de agua mineral, y paró la película a la mitad para preguntarle si quería café.

Aimee asintió.

–Tal vez tenga que estar despierta hasta bien tarde. No me importa tomar un poco de cafeína.

–No creas que yo no estoy pensando en ella –dijo Marshall.

–Lo sé, y me alegro de haberme equivocado de ruta y de haberme dirigido hacia Wollahra.

—Yo también.

Nada más terminar la película, Aimee le dijo a Marshall:

—Debo volver al hospital. Bonnie estará saliendo de quirófano.

Solo de decirlo en voz alta le hizo estremecerse de nuevo, y cuando Marshall volvió a ofrecerse para llevarla, Aimee no lo rechazó. Llevaba allí con él casi tres horas. Había llegado a su casa hacia las siete y eran un poco más de las diez.

—Después te llevaré a casa —le prometió.

Al oír sus palabras, Aimee se quedó helada, pero consiguió ocultar su nerviosismo. Fue al cuarto de baño para ganar tiempo y pensar. No quería que Marshall viera su nueva casa. Desentonaría totalmente con lo que él habría esperado que ella hubiera elegido. ¿Cómo se le había ocurrido acceder a que Marshall la llevara? Se había dejado guiar por el corazón, en lugar de por la razón.

Cuando Aimee bajó del baño, le dijo demasiado alegremente:

—He estado pensando... No tiene sentido que me lleves, y todo el lío con mi coche. Estaré bien, de verdad que sí.

A Aimee no se le pasó por alto la repentina y aguda mirada que él le echó, ni la breve pero significativa pausa que realizó antes de hablar.

—De verdad no me importa, Aimee. Me gustaría estar allí. Es ridículo preocuparse del coche. Podemos llevarnos el tuyo, y yo tomaré un taxi para volver a casa desde la tuya.

Como una tonta, pronunció sus pensamientos en voz alta.

–Esa es una solución muy práctica, pero...

–Pero no trata el verdadero problema, ¿verdad?

Estaban de pie en al amplio vestíbulo, y él la observaba detenidamente. Aimee lo miró, lo vio tan guapo y peligroso, y sintió que lo deseaba tanto que se estremeció de pies a cabeza.

Entonces se dio cuenta de que él seguía vestido con la camiseta de algodón blanca y los pantalones cortos negros con los que había salido a correr. ¿Por qué no se habría cambiado?

Sencillamente, porque no se le había ocurrido. El estar juntos charlando, leyendo los silencios mutuos, pensando en el bebé, los había distraído a los dos.

–No –respondió por fin a su observación.

–Porque el verdadero problema es que por alguna razón tienes muchísimo miedo de lo que sentimos el uno por el otro.

–No es cierto –negó, y en parte era verdad.

–Por amor de Dios, Aimee, si me lo quieres negar, al menos no me cierres la posibilidad de hablar de ello abiertamente. En estos últimos dos meses los dos hemos intentado fingir que hemos olvidado lo que surgió entre nosotros, pero no ha sido así, ¿verdad? Sigue ahí, con más fuerza que nunca, y no entiendo qué es lo que tanto miedo te da, ni por qué quieres negarlo y esconderte de ello.

–Yo... Es...

Aimee se estrujó el cerebro con desesperación para decir algo, cualquier cosa menos la verdad, que lo convenciera. Pero, por supuesto, no funcionó. Él conocía demasiado bien a las personas, y demasiado bien a ella.

–¡No! –dijo en voz baja pero cargada de emoción–. ¡Por favor, no! Si no puedes, o no quieres, decirme la verdad, entonces no digas nada.

Marshall se acercó un poco más a ella, lo suficiente para tocarla. Levantó la mano y la posó sobre la parte de atrás de su cuello con suavidad. Le trazó suavemente los contornos del cuello, de la mandíbula y terminó acariciándole el cabello, que ya casi se le había soltado del pasador. No dijo nada.

En lugar de hablar, dio otro paso hacia ella, pero no la abrazó. Inclinó la cabeza y le rozó los labios. El beso fue lento, muy lento, y la presión de sus labios, leve como una pluma, la empujó a levantar la barbilla y responderle. Le estaba dando la oportunidad de apartarse de él, de rechazarlo de algún modo, pero no lo hizo.

Aimee no cerró los ojos, y vio su mirada taladrándola a través de la barrera de los cristales de sus gafas. Entonces Marshall se las quitó y continuó besándola, cada vez con más ardor. Le puso las manos sobre los hombros y sus cuerpos se apoyaron el uno en el otro, de modo que pudieron sentir los contornos, los lugares por donde se podrían unir, tal y como lo habían hecho antes.

Finalmente, Marshall separó los labios de los suyos y habló, pero siguió besándola entre frase y frase.

–Veamos –dijo–. ¿Qué posibilidades he tenido en cuenta? ¿Que no me deseas? Creo que esa la podemos tachar –dijo, y empezó a besarla por el cuello.

–Marshall...

–¿Que le hiciste algún tipo de promesa a Alan? –suspiró–. ¡No creo que sea eso! ¡Es demasiado victoriano! Sino, no me habrías respondido al principio con tanta libertad y tanta convicción. No, no es eso.

Continuó con una insistencia que rayaba en lo cruel, pero la suavidad de sus labios borraba la dureza de sus palabras.

–¿Tienes miedo, entonces? –sugirió–. ¿Fuiste infeliz con Alan, y no te imaginas que yo pudiera hacerte feliz con el tiempo? ¡Podría, Aimee!

–Lo sé...

La ronca confesión salió de su garganta mientras él deslizaba las manos por sus costados hasta tocarle los pechos a través de la suave tela de lino de su blusa.

–Entonces tal vez seas demasiado vaga. Porque, por supuesto, nos costaría trabajo. Habría que tomar varias decisiones, tener en cuenta y convencer a otras personas. Pero no te tenía por una persona vaga, Aimee.

–¡Esto no es justo! –exclamó Aimee sin aliento, apartándose finalmente de sus brazos–. ¡No es justo en absoluto, Marshall! ¿Qué quieres de mí? He hecho mal al recurrir a ti esta noche. No lo habría hecho de no haberme equivocado de camino. Estaba rezando para no verte. Oh, supongo que es culpa mía por ceder ante ti. Esperaba que respetarías... que respetarías los límites que hemos impuesto. ¡Por favor, respétalos!

–¿Cuando no me das razón alguna para que lo haga? –le preguntó, enfadado ya.

–¡No puedo! ¡Dame tiempo!

–¿Cuánto?

–¡No lo sé!

Pensó en ello, en lo mismo que ya había pensado cientos de veces. Tal vez con el tiempo, cuando hubiera terminado de decorar su piso nuevo, cuando calculara si estaba consiguiendo ahorrar...

No. Jamás recuperaría aquel sentimiento de igualdad que había tenido anteriormente con él antes de la noticia de Peter, y antes de enterarse de lo de su herencia. Y Rebecca siempre estaría presente para recordarles la disparidad que había entre ellos, custodiando su futuro legado.

Tal vez si Marsh se marchara de Sidney, como él había sugerido, y disminuyera su nivel de vida... Pero eso no eran más que conjeturas. Aimee no podía prometerle nada.

—Sí, lo sé —le dijo de plano, contradiciendo sus últimas y vacilantes palabras—. No es posible, Marshall. No negaré que entre nosotros existe una atracción... Bueno, sería inútil, ¿no? —se echó a reír nerviosamente, pensando en la mentira que estaba a punto de decir—. Pero no disfruté de mi matrimonio la primera vez, y ahora estoy disfrutando de mi independencia. No tengo ningún deseo de renunciar a eso a cambio de las dudosas ventajas de ser tu esposa...

—No me había dado cuenta de que fueras una feminista tan combativa.

Ella lo ignoró.

—E imagino que Rebecca, por una vez, se alegraría de oírmelo decir.

Cerró los ojos y maldijo su mala cabeza. No había querido mencionar el nombre de Rebecca, y él no lo pasó por alto.

—¡Maldita sea! ¿Se trata de Rebecca? Sé que ha estado...

—No, no. Ella y yo sencillamente compartimos nuestro escepticismo en el tema, eso es todo.

La estudió. Tenía los ojos brillantes y el pelo alborotado.

–Este lado tuyo no lo conocía, Aimee.

–¿No? –se abrazó a sí misma–. ¿Te sorprende? Debes darte cuenta de que no corté nuestra relación sin pensármelo muy bien. No tenemos veinte años, Marshall. ¡Eso es tan importante! Tenemos mucha más experiencia, treinta años más de experiencia, y llevamos mucho equipaje. Yo ya no creo en eso de que al amor lo conquista todo, y no tengo fuerzas en este momento –para horror suyo, sintió que se le saltaban las lágrimas, que no podía controlarlas– para seguir discutiendo de esto contigo. Quiero ir al hospital a ver a mi hija y al bebé, Marsh. Por favor, acepta que esa sea mi prioridad.

Él asintió, y el fragor de su rabia se disipó para dar paso a su preocupación habitual.

–Por supuesto. Lo siento, Aimee. Yo quería que este rato que has pasado aquí te ayudara, pero parece que al final no ha sido así.

Hablaba con tanta tristeza que Aimee se sintió conmovida.

–Oh, desde luego que me ha ayudado. Me has ayudado hasta este momento. Yo he sido demasiado dura.

–Y yo cruel.

–Sí, eso es cierto.

–Lo siento. Y ahora que nos hemos disculpado los dos, supongo que no queda más que decir.

–Eso creo.

–¿Podrás conducir? ¿Estás bien?

Tenía un pañuelo de papel en la mano y se estaba secando las lágrimas.

–Estoy bien.

–Llama a Bev si no pudieras venir mañana, y ella pedirá una enfermera a la agencia.

Aimee asintió y dejó que Marshall le abriera la puerta.

–Buenas noches, Aimee.

–Buenas noches, Marsh.

Al llegar al hospital Aimee se sentía desconsolada y sin fuerzas. Estaba deshecha por el modo en que Marshall había argumentado con ella, luchando por su visión de lo que podrían llegar a compartir. Si él supiera lo cerca que había estado de convencerla. Lo malo era que ella tenía una imaginación tan vívida como la de él, y su imaginación había conjurado escenas muy distintas.

Por ejemplo, Aimee sabía lo unidos que habían estado Marshall y Rebecca desde la muerte de Joy Irwin. No quería interponerse entre su hija y él, sobre todo ahora que Rebecca le iba a dar su primer nieto.

¿Y cuánto tiempo pasaría antes de que la dependencia económica de él se extendiera a las demás parcelas de su vida en común? La posibilidad le parecía tan real, que se estremeció al pensar en volver a caer en los mismos modelos de conducta que había tenido con Alan.

–Acabo de hablar con la UVI pediátrica –le dijo la enfermera de recepción–. Su nieta está ahí con sus padres. Puede subir a verla, pero solo un momento.

–¿Por dónde... ?

–En la planta cuarta –le contestó la mujer con una sonrisa.

Tomó el ascensor, y el apacible ambiente del hospital a esas horas de la noche la sosegó un poco. Había pocas visitas, e incluso menos médicos. La mayoría de los pacientes estarían ya dormidos.

Al llegar a las puertas de la UVI Aimee tuvo que llamar a un timbre, pues estaban cerradas. En la unidad había ocho camas, cada una en una amplia habitación separada de las demás.

A la primera que vio Aimee fue a Sarah. Llevaba un pijama color azul marino de escote redondo y una coleta recogida con un pasador de carey. Tenía la cara limpia, reluciente y ojerosa.

Jason estaba a su lado, y ambos estaban de pie pegados a la incubadora del bebé. Había también una enfermera en la habitación.

—¡Hola a todos! —dijo Aimee en voz baja al entrar.

—Mamá... —Sarah la abrazó y apoyó la cabeza en su hombro.

—Ha vuelto —a nadie le importó que Aimee afirmara lo obvio.

—Acaban de traerla —dijo Jason—. La operación se retrasó un poco, no sé por qué.

—Había una operación más urgente —dijo Sylvia, la enfermera.

—Más urgente. ¡No puedo imaginármelo! —comentó Jason débilmente.

—¿Cómo está?

—Nos han dado un buen informe —contestó Jason con esfuerzo—. Han cerrado la fístula. Y la abertura que había entre las dos bolsas del esófago no era demasiado grande. Ellos piensan que eso es bueno. Cuanto más pequeña, mejor, parece ser.

—¿Y la obstrucción del duodeno?

–Para eso van a esperar. Le darán alimento intravenoso durante unos días, y después le harán una prueba.

–Mamá –dijo Sarah–. Tengo que aprender a sacarme la leche.

–Puedo intentar ayudarte, si me necesitas.

–Cuando me den el alta... No tenemos ninguno de los aparatos necesarios. Necesito un sacaleches y biberones.

–Ya nos las apañaremos –la tranquilizó Aimee–. Puedo hacer algunas llamadas, ir a comprar lo que haga falta.

Se quedaron allí unos minutos, observando al bebé, y Aimee oyó a su hija exclamar con emoción:

–¡Es preciosa!

Aimee deseaba acariciarla, tomarla en brazos. Pero aún más pensó en las ganas que tendrían sus padres de hacerlo. ¿Cuánto tiempo más tendrían que esperar?

–¿Y ahora qué? –Jason le preguntó a la enfermera.

–Creo que deberíais dormir un poco todos –contestó Sylvia–. Eso es lo que queremos que haga esta princesa. Para ser su primer día en el mundo, ha sido muy duro, y el sueño es la mejor cura.

Se quedaron un poco más, y después Jason y Aimee acompañaron a Sarah a su habitación.

–¿Quieres que nos quedemos o que nos vayamos? –Jason le preguntó con ternura a su esposa mientras le daba un beso en la mejilla.

¡Qué hombre tan maravilloso!

Aimee sintió otra oleada de emoción. Gracias a Dios que su hija se había casado con el hombre adecuado.

–Prefiero que os vayáis –contestó Sarah–. Necesito dormir. La enfermera me dijo que me resultará difícil sacarme la leche si estoy estresada, cansada o distraída –Sarah miró a su madre–. ¿Vendrás mañana, mamá? –quiso saber.

–Por supuesto. No sé cuándo, pero estaré aquí todo el tiempo posible. Buenas noches, cariño.

Aimee besó a su hija y abrazó a su yerno, y entonces los dejó para que se despidieran a solas, pero él la alcanzó en el ascensor y caminaron hasta el aparcamiento juntos en silencio.

Al llegar a casa media hora después, Aimee entró en su nuevo piso, sin ni siquiera fijarse en la pintura ligeramente descascarillada, en los feos apliques eléctricos, o en el molesto zumbido del frigorífico que ocupaba un tercio de la reducida cocina. ¿Acaso importaba algo de eso?

¡No! Lo que importaban eran las personas. Sarah, Jason y los chicos. Sus padres que vivían en Queensland, a los que debía llamar al día siguiente a primera hora. Y sobre todo, en ese momento, le importaba el nuevo ser que ese mismo día había llegado al mundo.

¿Acaso alguna vez habría un sitio seguro en su corazón para Marshall? En ese momento, Aimee no lo veía.

Capítulo 8

D E MODO que, por supuesto, me pasé el resto del día pensando en lo idiota que había sido por cambiar de opinión en el último momento. De haber apostado por Sunset Raider en lugar de por Galway Bound, habría ganado más de mil doscientos dólares, aunque, por supuesto, no me salió del todo mal en la tercera carrera. Aposté por Zumo de Uva y Falsetto, pero como eran los favoritos no gané mucho dinero. Y lo único que me animó fue el rugby. ¿Eres aficionado?

–Por supuesto –contestó Marshall con galantería, aunque los resultados deportivos de cualquier índole no le quitaban el sueño.

Estaba haciendo lo posible para encontrar a aquella mujer fascinante y atractiva, ya que sabía que eso era precisamente lo que se suponía que debía hacer, pero le estaba costando trabajo. Concluyó que nadie debía hacer de celestina, a no ser que se lo hubieran pedido. Le caían bien los padres de Harry, su yerno, pero habría disfrutado mucho más de aquella barbacoa dominguera en casa de Rebecca si no hubieran llevado a la divorciada Diana Wetherill y se la hubieran presentado de aquel modo tan sospechosamente casual.

Era una persona muy agradable, más o menos de su edad, con el cabello caoba y las caderas suavemente redondeadas, y seguramente muchos hombres se habrían sentido encantados de dar con una mujer tan ferviente seguidora del rugby, el cricket y las retransmisiones deportivas en la radio. Desgraciadamente, él no era uno de ellos.

—¿Otra chuleta, papá? ¿Diana? —preguntó Rebecca.

—No, gracias, ratita. Pronto me iré a casa, supongo. Estoy de guardia. Ya sabes cómo es —le dijo aparte a Diana, y ella asintió.

Rebecca lo conocía demasiado bien como para discutir. También sabía que estaba poniendo una excusa para escapar. Su padre vivía a tan solo un par de kilómetros de allí, y podría atender cualquier llamada de urgencia desde su casa de haber querido quedarse.

—Si es necesario, papá —Rebecca le dijo en tono ligero, y después siguió ofreciendo más comida a sus invitados.

Marshall se marchó discretamente unos minutos después. Le guiñó un ojo y le dio las gracias a su yerno, atravesó la casa y salió por la puerta.

Había aparcado el coche a unos metros de la entrada, y al mirar hacia allí vio que otro le había cerrado el paso.

—¿No puedes salir?

Era Rebecca, que debía de haberlo seguido hasta la calle.

—Sí. ¿Tú ya lo sabías?

—No, no he salido por eso.

Él arqueó las cejas.

—Solo quería saber que estabas bien. ¿Te estaba poniendo nervioso Diana?

–No, es simpática. Habría estado bien de no haber sabido lo que se esperaba de mí... Ya me entiendes.

–Lo siento, fue idea de Rhonda, no mía. Le dije que no te interesaba ningún tipo de... –se calló y entonces empezó a hablar en tono de acusación–. Aunque Aimee se ha apoyado mucho en ti en las últimas dos semanas, desde que nació Bonnie. No puedo creer que se esté aprovechando deliberadamente de...

–No sé lo que está haciendo –Marshall se oyó a sí mismo decir–. Yo no diría que se está apoyando en mí. Ella y su familia están pasándolo muy mal con la niña. Primero el descubrir que Bonnie tenía una segunda obstrucción en el duodeno y necesitaba cirugía para corregirla. Después la infección que pilló. Sarah ha tenido que luchar mucho para sacarse la leche, y después también para que Bonnie no la rechazara.

–Tiene reflujo por la debilidad de la válvula, supongo –comentó Rebecca.

–Exactamente. Esperan que le den el alta la semana próxima, pero no están seguros. Aimee me ha hablado mucho de ello. Le hemos dado días libres. Pero no es nada especial, Rebecca. Me alegro de que me tenga como un amigo al que poder recurrir, eso es todo.

–Tonterías, papá –reprochó Rebecca con impaciencia–. Eso no es todo. Tú quieres mucho más que eso de Aimee, y ella te está haciendo daño, y yo no puedo soportar ser testigo de ello. ¡Me da tanta rabia!

Se acercó y le dio una palmada en el hombro, y el bebé que llevaba dentro se movió.

–Eso no es justo, Rebecca –Marshall la tranquilizó–. Por favor, no le eches la culpa a Aimee.

–¿Y a quién me sugieres que se la eche?

Estaba colorada de rabia y con ánimo de discutir.

–¡A nadie! Nadie tiene la culpa de esto.

Instintivamente deseó proteger a Aimee, y Rebecca se percató de ello.

–¡No puedo soportarlo! –soltó, paseándose de un lado a otro y levantando las manos–. Que le tengas tanto cariño que no me dejes estar furiosa con ella. ¿Por qué no puede ver el hermoso regalo que le estás dando? ¿Por qué lo rechaza? ¡No merece que sientas lo que sientes por ella!

–Rebecca...

–Lo siento. Supongo que no quieres escuchar esto. Debería callarme mis opiniones, pero esto lleva ya meses...

–Me las apañaré, ¿vale? –dijo, y entonces se echó a reír–. Me resulta un tanto desconcertante ver que mi hija quiere protegerme. ¿Podrías dirigir tus instintos maternales hacia Harry durante los próximos cuatro meses, por favor?

–¡Esto no son solo las hormonas, papá! –murmuró enfadada.

–Tal vez sea el calor, entonces –le sugirió Marshall, empeñado en cerrar el asunto–. Ayúdame a salir de este sitio tan reducido y entra después a tomarte un refresco.

–Claro, si eso es lo que quieres –asintió con sequedad.

–Mira yo... No es fácil –carraspeó–. Ojalá las cosas fueran distintas. De todos modos, me alegra saber que tengo tu apoyo, pero no vamos a conseguir nada hablando de ello, ratita, así que si no te importa, vamos a dejar el tema, ¿vale?

–Si eso es lo que quieres –repitió, pero esa vez en tono más afable.

Entonces se acercó y le dio un beso en la mejilla.

–No tenía por qué venir, señora Deutschkron. Yo habría ido con gusto a verla a su casa –le dijo Marshall a su paciente.

–¡Bah! –contestó con la manera que acostumbraba–. Quería salir. Estoy harta de estar entre cuatro paredes.

–¿No se siente bien?

–La primera vez no me afectó mucho, pero este segundo ciclo... Fatal, la verdad.

–Sí, a veces ocurre.

–Estoy haciendo todo lo que me han dicho en el hospital, pero ahora tengo este problema femenino que me pica horrores. No sé si tiene que ver con la quimioterapia, pero el sábado es la boda de Marianne y Jonathan, y no quiero sentir esta necesidad que socialmente no es nada aceptable.

–No se preocupe, se le pasará.

–Eso espero –dijo–. Solo quedan tres días para la boda. Lo tengo apuntado en el calendario.

Marshall había recibido su invitación en blanco y dorado para él y una acompañante, y había confirmado su asistencia a la boda. Aimee era la persona a la que quería invitar, pero había estado esperando el momento oportuno para pedírselo. De pronto, sin darse cuenta, la fecha se le había echado encima.

–Parece que tiene hongos –le dijo–. Es bastante común en pacientes que están sometiéndose a ciclos de quimioterapia. El sistema inmunológico no está

funcionando como debería por culpa del tratamiento. Le recetaré una crema y unas pastillas.

–¡Más pastillas!

–Lo sé. Es tedioso. Pero para el sábado se le habrá calmado un poco, y no estará tan incómoda.

La señora Deutschkron estaba bastante más del-
gada y débil, aunque era evidente que no había perdido el ánimo.

Había ido en taxi porque Marianne estaba muy
ocupada con los preparativos de la boda, y parecía
bastante dispuesta a volver a casa de la misma manera.

Marshall no estaba tan convencido. Eran las tres
de la tarde, cambio de turno de los taxistas de Sidney;
llovía a cántaros y a veces tenía uno que esperar un
buen rato incluso para pedirlo por teléfono. Además,
la señora Deutschkron tenía que pasar por la farmacia
a recoger las medicinas que él le había recetado.

–Nuestra enfermera la llevará a casa y pasará por
la farmacia de camino –le prometió Marshall a la débil mujer, y la debilidad con la que la señora Deutschkron protestó antes de aceptar la oferta de Marshall le
dejó claro el esfuerzo que estaba haciendo para disimular lo enferma e incómoda que se sentía.

–Espere en la sala –le dijo a la mujer–. La enfermera irá dentro de un momento.

Salió de su despacho mientras la señora Deutschkron recogía su bolso y su paraguas, y encontró a Aimee en la enfermería, sacándole sangre a un paciente.

Aimee no dijo nada, tan solo miró a Marshall y
esperó a ver qué le quería decir. Así era como a menudo se comunicaban últimamente. No hacía falta
malgastar palabras. Ellos se entendían fácilmente.

—¿Te importaría llevar a la señora Deutschkron a casa?

—Claro que no.

—¿Podrías también pararte en la farmacia de camino? Le he recetado un par de cosas para una infección de hongos vaginales.

—¿Lo está pasando mal esta vez?

—A mí me parece que fatal. Primero las náuseas, y ahora esta infección. Y la boda es el sábado.

—¡Oh, qué pena!

—Me han invitado —le dijo de repente—. Y a que lleve una acompañante. Quería decírtelo hacía tiempo, pero se me había pasado. ¿Te gustaría venir?

Aimee vaciló, entonces oyó la voz de Rebecca al final del pasillo, despidiendo a una paciente.

—Sí, me encantaría —se apresuró a contestarle—. Sería estupendo.

—Es a las tres. Te pasaré a recoger.

Aimee tardó media hora entre ir a la farmacia y llevar a la señora Deutschkron a su casa, y llegado ese momento la mujer estaba demasiado agotada para ponerse de pie. Aimee llamó al consultorio para decirles que tardaría más de lo previsto, y después ayudó a la señora Deutschkron a meterse en la cama. Le tocaba tomarse unas pastillas, de modo que la ayudó a tomárselas, y después le preparó una sopa de sobre y una taza de té.

—Me encontraré mejor cuando haya dormido un poco —insistió la señora Deutschkron—. Y Marianne me dijo que estaría aquí a las seis.

Faltaban dos horas.

—¿Se va a quedar a pasar la noche?

–Se quedará si se lo pido.

–Por favor, pídaselo –le sugirió Aimee con firmeza, y la mujer no protestó.

Cuando volvió al centro médico, recibió una buena noticia relacionada con el pequeño Aaron Lloyd, el chico que se había clavado la aguja en el patio del colegio en agosto. Un segundo análisis de SIDA había dado negativo, confirmando que la caída no había tenido consecuencias nefastas. Rebecca le dio esa información a Aimee, y después pareció como si fuera a decirle algo más, pero aparentemente pareció pensárselo mejor.

Lo mismo pasó varias veces más en los dos días siguientes, hasta que finalmente Aimee no pudo soportarlo más.

–Si hay algo que quieras decirme, Rebecca –le dijo a la joven esa tarde en la cocina del consultorio–, me gustaría que lo hicieras en lugar de tenerme así.

–En realidad no es asunto mío –Rebecca dijo despacio, pero estaba claro que pensaba que sí lo era.

–Pues por favor, hazlo asunto tuyo si eso te va a ayudar –dijo Aimee.

–De acuerdo, lo diré. Quiero saber por qué vas a ir a la boda de Marianne Deutschkron con papá –Rebecca murmuró con energía–. ¿Por qué, Aimee? ¿Es que te gusta meter el dedo en la llaga? Él te quiere. Eso debes saberlo. ¿Qué ganas dándole esperanzas cuando está claro que tú no sientes lo mismo? –Rebecca sacudió la cabeza; estaba a punto de llorar–. No lo entiendo, Aimee –continuó–. Y quería pedirte, si él te importa algo, que no vayas a esa boda con él.

Aimee apenas podía hablar. Estaba acalorada por el sentimiento de las palabras de la hija de Marshall, que nadie más que ella había escuchado. Rebecca había hablado en voz muy baja, pero eso no le había restado pasión a sus palabras.

–Lo sabía –Aimee consiguió decir–, pero no me había dado cuenta de que tus sentimientos fueran tan fuertes. Por supuesto, no iré a esa boda.

–No es solo la boda –Rebecca empezó a decir.

–Me doy cuenta... entiendo que... –Aimee la interrumpió con torpeza–. Pero es un comienzo, y es todo lo que puedo ofrecerte de momento.

–Ya veo...

–No, no lo entiendes. No podrías entenderlo. Pero estoy haciendo lo posible.

Aimee, que no se fiaba de lo que pudiera acabar diciendo, salió volando de la cocina, convencida de que la conversación no había hecho más que empeorar las cosas.

Sin embargo, en cuanto llegó a casa media hora después, llamó a Marshall. Era mejor hacerlo cuanto antes.

–Lo siento, Marshall –dijo–. Me he dado cuenta de que no podré ir a la boda contigo mañana, después de todo.

Se produjo una breve pausa, seguida de un reflexivo:

–Ah.

A eso siguió otra pausa, esa más larga. Aimee se lo imaginó de pie en el vestíbulo, junto a la mesa, jugueteando con el cable del teléfono, tal y como le había visto hacer tantas veces en el consultorio.

–Espero que todo vaya bien –dijo Marshall por fin.

–Sí, todo va bien –contestó ella.

–¿Bonnie también?

Podría utilizar al bebé como excusa.

Pero eso habría sido mentir, y no se atrevía a aprovecharse del precario progreso de la pequeña. Tal vez fueran supersticiones, pero jamás se perdonaría a sí misma si la niña sufriera una recaída. Había salido del hospital el sábado anterior, y Sarah y Jason se la iban a llevar en media hora para poder pintar el cuarto de la niña y luego salir a comer.

–Bonnie va bien –dijo–. No es eso, Marsh. Simplemente me he dado cuenta de que no debería haber aceptado ir. Sobre todo porque... , quiero decir, deseo a la hija de la señora Deutschkron y a su esposo toda la felicidad del mundo, pero tú y yo...

–¿Tiene esto algo que ver con Rebecca? ¿Con algo que te haya dicho?

Aimee no había esperado la pregunta, y ya estaba bastante nerviosa para evitar la respuesta.

–Sí –reconoció.

–¿Qué te dijo?

–Bastante, pero en realidad tenía razón. Ya es... bastante difícil vernos cada día en el consultorio. No tiene sentido torturarnos más. Yo... Creo que debo ser más firme con todo este asunto a partir de ahora, Marshall. Llévate a Rebecca a la boda.

Esperaba que él discutiera, pero no lo hizo, y ambos concluyeron la conversación a los pocos segundos.

Marshall se quedó de pie en el vestíbulo con el teléfono en la mano un buen rato después de la llamada, pensando en sus opciones. Tomó una decisión rápidamente. No aceptaba quedarse quieto, de modo que lo único que podía hacer era ir a casa de Rebecca y pedirle que le explicara cómo y por qué había disgustado a Aimee del modo en que lo había hecho.

¿Sería esa la raíz del problema? ¿Tendría Aimee miedo de interponerse entre él y Rebecca por la hostilidad que Rebecca había mostrado hacia ella desde el principio?

La casa de su hija estaba cerca de la suya, y la encontró junto con su yerno en la cocina, preparando la cena.

—Harry, me gustaría hablar con mi hija a solas, si no te importa.

Marshall no hizo esfuerzo alguno para ocultar el eco abominable de su voz o el fiero brillo de sus ojos.

—Me largo —Harry concedió de buena gana; conocía el temperamento de su esposa bastante bien—. Creo que te has metido en un lío, Rebecca —le dijo—. Pero te las apañarás. Me voy a dar una vuelta.

Un minuto después desapareció por la puerta. Rebecca le echó una última y alarmada mirada y después se volvió hacia Marshall, decidiendo que el ataque era la mejor defensa.

—No me gusta que me traten así, papá —empezó a decir—. No hay nada que no podamos hablar delante de...

—¡Rebecca!

Marshall no estaba de humor para que nadie le volviera las tornas esa noche. Amaba a su hija con toda su alma, pero en ese momento no estaba pensando en ella.

–No sé lo que le has dicho hoy a Aimee –empezó a decir–. No sé lo que le has estado diciendo... o comunicando a través del claro lenguaje de tus gestos... durante los tres últimos meses y más. Pero vas a empezar por disculparte con ella por cuestionar el que aceptara mi invitación para ir a la boda de Marianne Deutschkron.

–Papá...

–Estoy empezando a sospechar que lo que ha ido mal entre Aimee y yo se debe sobre todo al hecho de que es sensible a tu hostilidad, y de algún modo te voy a alejar de la situación para al menos tener la oportunidad de conseguir lo que quiero –resopló con energía–. Rebecca, sé que me quieres. ¿Pero no te das cuenta de que defendiendo mi causa como lo has hecho, solo consigues precisamente lo que tanto temías para mí?

–¿De verdad piensas que se trata de eso, papá? –arguyó–. Si solo fuera eso, entonces seguramente...

–No me interesa discutir de ello, ni en teorizar sobre las posibilidades, hija –gruñó en voz baja–. Tan solo ve y discúlpate, y veamos si podemos volver al principio.

–Si tú...

–¡Hazlo!

Aunque no había levantado la voz, su furia era inequívoca.

Ella asintió, aceptando la fuerza de su voluntad.

–¿Ahora? –dijo por fin.

–Ahora –le confirmó enérgicamente–. Harry tendrá la cena preparada cuando vuelvas. Le contaré lo que pasa. Aquí está la dirección. He pasado por delante con el coche. Es uno de esos edificios horribles de ladrillo rojo; al principio pensé que me había equivocado. No tiene pérdida.

Encontraron a Harry apoyado sobre la barandilla de hierro negro de la valla.

—¿Todo arreglado?

—Me han enviado en misión urgente a casa de Aimee —Rebecca dijo, aún acalorada, pero cuando Harry arqueó las cejas, esbozó una media sonrisa—. Papá tiene razón. No ha sido mi intención, pero he fastidiado más las cosas. Espero tener el suficiente tacto para arreglarlas ahora.

—Tengo fe en ti, querida —le dijo Harry en tono solemne mientras él y Marshall la observaban metiéndose en el coche—. ¿Todo bien? —le preguntó Harry a Marshall después se marcharse Rebecca.

—¿Recuerdas cuando decidí echarte una mano cuando estabas cortejando a mi hija? —le recordó a su yerno.

—Me dijiste que me lo tomara con calma —dijo Harry—. No fue el mejor consejo que has dado en tu vida, Marsh.

—No, la verdad. Debería haberme mantenido al margen totalmente. Ahora le toca a Rebecca demostrar que ella puede hacer lo mismo.

—En estas ocasiones, veo de dónde saca mi esposa ese brío —murmuró Harry mientras paseaba la mirada por Marshall—. ¿Quieres tomar una copa?

—¡Sí, por favor! —contestó Marshall con viveza.

Capítulo 9

DESPUÉS de hablar con Marshall, Aimee fue rápidamente a su pequeño dormitorio a cambiarse. Se puso un camisón de fina tela de camiseta y se quitó los zapatos y medias para quedarse descalza.

Había hecho lo correcto, y no iba a pasarse toda la noche pensando en el asunto, reproduciendo su conversación una y otra vez. Tenía otros planes.

Estaba empezando a sentirse a gusto en el apartamento por fin. Llevaba allí más de cuatro meses, y todo estaba ya colocado.

Tras estudiar su presupuesto, había decidido darse un lujo y había comprado unas macetas de flores que había colocado en el diminuto balcón, y dos nuevos grabados en la pared, ambos paisajes con mucho más atractivo que la vista que se veía por las ventanas.

Al gastar con tantos miramientos, había recordado el modo en que estiraba el dinero que solía darle Alan para los gastos de la casa. Podría hacer lo mismo otra vez; estaba acostumbrada.

Incluso había pintado la cocina el fin de semana anterior, con el permiso del dueño, para lo cual había elegido cuatro colores diferentes para los embellecedores, muebles y pomos, de modo que la pieza tenía un aspecto alegre y bonito.

Su hijo William había ido a verla un par de veces. A sus diecinueve años, estaba demasiado preocupado con sus cosas como para cuestionar su elección de vivir allí. Además, William estaba enamorado, ya que unas cuantas veces había pronunciado el nombre de Emily con los ojos brillantes y en tono de adoración.

Sin embargo, Aimee sabía que cuando Sarah llegara en unos minutos, probablemente se mostraría más crítica y cuestionaría la elección de su madre de irse a vivir allí. Pero como cualquier padre primerizo, estaría más preocupada por Bonnie que por otra cosa.

Y así fue. Sarah y Jason llegaron un poco tarde y muy aturullados, en medio de una discusión sobre quién tenía que darle de comer al gato.

—Nos olvidamos los pañales y tuvimos que volver —dijo Sarah.

Tenía a Bonnie dormida en brazos.

—¿Dónde quieres que pongamos el moisés? —le preguntó Jason.

—En el dormitorio —decidió Aimee.

—¿En cuál?

—Solo hay uno. La otra puerta es el armario de las sábanas —dijo—. Pon el moisés sobre la cama.

—No sabía que hubieras escogido un apartamento tan pequeño —comentó Sarah.

—Es todo lo que necesito —señaló Aimee con brío—. ¡Además, tengo planes de pasar bastante tiempo en vuestra casa!

—Tal vez no deberíamos dejarla aquí. No vamos a pintar su dormitorio —decidió de pronto Sarah.

Aimee se había preparado para eso, y tenía sus

argumentos listos. En primer lugar era enfermera. En segundo lugar era abuela, y había tenido tres bebés. Todos eran iguales. Ella y Bonnie estarían bien. Además, Sarah y Jason no iban a salir de la ciudad.

–Llámanos al móvil –dijo Jason–. No lo dudes. En cuanto nos necesites.

–¡No os preocupéis! ¡Estaré bien!

Bonnie, que ya tenía cuatro semanas de vida, se alimentaba principalmente a través de un tubo por donde recibía la leche que se sacaba su madre, además del ocasional biberón. Estaba empezando a agarrarse al pecho de vez en cuando, pero aún no estaba tomando lo suficiente de esa manera como para ganar peso.

Pero por esa misma razón, porque Bonnie no se alimentaba de pecho, Aimee podría darle de comer perfectamente y cambiarle de pañal si era necesario.

Después de diez minutos de ansiosas preguntas de los padres, y de que Aimee los tranquilizara con entusiasmo, Sarah y Jason abandonaron el apartamento algo más convencidos. Bonnie, en el moisés colocado sobre la cama, continuó durmiendo profundamente.

Tres minutos después sonó el timbre de la puerta. Aimee había estado esperándolo, y estaba tan segura de que serían Sarah y Jason, que abrió la puerta de par en par con una sonrisa comprensiva en los labios. Pero en cuanto vio a Rebecca, la sonrisa se desvaneció.

–¿He venido en mal momento? –le preguntó Rebecca con interés, como si esperara que así fuera.

–No –contestó Aimee despacio–. Pensaba que eran mi hija y mi yerno. Me han dejado a Bonnie por primera vez, y se han marchado un poco nerviosos. Creía que volvían con un ataque de arrepentimiento.

Rebecca se echó a reír.

–¿Puedo pasar? –le preguntó con su indiferencia habitual.

–Por supuesto.

Aimee se hizo a un lado y Rebecca entró en el apartamento.

No había vestíbulo, y la puerta de entrada daba directamente al salón.

–He venido a disculparme –dijo, antes de que Aimee pudiera ofrecerle algo de beber.

–¿Por qué? –le preguntó con cautela.

–Por cuestionar tu derecho a aceptar la invitación de papá a la boda de Marianne Deutschkron.

–¿Te ha enviado él? –preguntó Aimee.

–Sí –reconoció Rebecca al instante–. Pero no creas que estoy aquí de mala gana.

–Pues lo parece.

–Eso forma parte de la naturaleza de una disculpa, ¿no crees? –se echó a reír con torpeza, pero su tono había sido sincero–. Por muy bien que esté pedir perdón, y por mucho que desees hacerlo, nunca es fácil.

–Eso es cierto –contestó Aimee.

–¿Podríamos tal vez hablar de... ? –empezó a decir Rebecca, y entonces se oyó un extraño bufido y un ruido estrangulado, seguido de un gritito.

–¡Bonnie! –exclamó Aimee, y fue corriendo hacia la puerta.

–Parece incómoda –dijo Rebecca.

–Sí, está visto que acaba de despertarse, ¿pero qué habrá sido ese ruido?

De algún modo, Bonnie había conseguido sacarse el tubo por donde le llegaba la leche hasta el estómago. Se le había despegado de la cara y lo tenía en ese momento en la mano.

La valiosa leche de Sarah, que debería estar cayendo gota a gota por el tubo hasta el estómago de Bonnie, bombeada por un aparato, se repartía en ese momento por la carita del bebé en diminutas gotas.

–No sé lo que hacer –le dijo Aimee a Rebecca, intentando no ponerse nerviosa.

Tomó al lloroso bebé en brazos y empezó a consolarlo, y entonces sintió la oleada de ternura y cariño que había sentido por Bonnie desde su nacimiento.

El bebé estaba algo más llenito ya, pero aún así seguía siendo muy pequeño. Había perdido la mata de pelo negro con la que había nacido, y a la luz se podía ver que le estaban naciendo unos pelillos dorados. Era preciosa, y si algo le pasara...

Como ya no tenía el tubo metido, la niña dejó de llorar, pero tanto Aimee como Rebecca sabían que el problema no había concluido.

–¿Rebecca, podrías volver a metérselo? –le preguntó Aimee con nerviosismo–. ¿Crees que esto es una emergencia?

–Podría intentarlo –ambas habían olvidado la conversación que Bonnie había interrumpido–. Pero lo cierto es que no estoy muy segura de poder hacerlo bien.

–¿Entonces crees que debemos llevarla al hospital para que se lo coloquen allí?

–Será lo mejor –concedió Rebecca–. Si no hubiera otra opción, lo haría y seguramente no habría problema, pero después de la cirugía que le han hecho, podría resultar bastante difícil, y no estoy familiarizada con los detalles de su caso. ¿Está tomando aún medicamentos?

—Sí, unos cuantos para intentar detener el reflujo. Uno que la ayuda a que los músculos empujen la leche hacia delante y otro que le reduce la acidez de los flujos del estómago para ayudar a que se le cicatrice la zona de la operación. Se está curando bien, y Sarah y Jason se las apañan de maravilla en casa.

—¿Quieres llamarlos? —le preguntó Rebecca.

Aimee se lo pensó un momento, y seguidamente decidió en voz alta:

—No creo. Lo haría si tú no estuvieras aquí, pero hace tanto tiempo que necesitan pasar un rato solos y tranquilos. Llevan varios meses muy angustiados. Además, me parece que si los llamo asustada como estoy, decidirán que no deben intentar tomarse tiempo para ellos mismos, y con todos los cuidados extras que Bonnie necesita...

—Te entiendo perfectamente —dijo Rebecca en tono tranquilizador—. No quieres que la primera vez se vaya todo al traste. Nos las apañaremos. No es una urgencia propiamente dicha, sino algo molesto y que requiere práctica. Iré contigo, y me inclino a pensar que harías mejor en no decirles nada.

—De acuerdo, no los llamaré —concedió Aimee—. Tengo una silla de bebé en mi coche. Iremos directamente al Hospital de Southshore. Gracias, Rebecca.

—Solo voy a llamar a Harry para decirle que no me espere en un rato.

Rebecca sacó un teléfono móvil del bolso e hizo

la llamada. Momentos después guardó el aparato en el bolso y miró a Aimee.

–¿Lista?

Bonnie volvió a dormirse con el bamboleo del coche. Aimee rezó para que no tuvieran que esperar durante horas en la urgencia. A su lado, Rebecca se dio cuenta perfectamente de la tensión de Aimee.

–Cuidado con ese coche rojo que tienes delante –la avisó–. Ha cambiado ya dos veces de carril sin indicarlo.

–Gracias –contestó Aimee.

–Por favor, deja de darme las gracias por todo –contestó Rebecca, y ambas pensaron en el conflicto de los últimos meses entre ellas–. Te ha quedado claro cómo me siento sobre los problemas que hay entre papá y tú, ¿verdad, Aimee?

–Sí, no tengo ninguna duda –concedió Aimee de mala gana.

–No pareces el tipo de persona que lo utilizaría deliberadamente, o que pisotearía sus sentimientos.

–Yo... Bueno, yo no soy así.

–Sin embargo sabes lo mucho que le está doliendo todo esto. No pretendo ni acusarte ni atacarte, Aimee. Simplemente no lo entiendo. Sé que me muestro demasiado protectora con él...

–¿Es por eso? Pareces detestarme mucho.

–¡En absoluto! Pero papá solo me tiene a mí. Simon está al otro lado del mundo. Papá tiene amistades, pero no son personas en las que pueda confiar plenamente. Lo educaron a ser reservado, sobre todo en lo referente a su vida personal. Incluso lo es conmigo. No me avergüenza reconocer que defenderé su causa hasta el punto de dar la impresión

de ser una arpía. ¡Dímelo, Aimee! –dijo apasionada-
mente–. ¡Dime por qué rechazaste el cariño de mi
padre!

–Porque no habría sido justo hacer otra cosa
–contestó Aimee.

–¿Para quién? ¿Para él?

–Para él. Para ti y para tu hermano. Para mí misma.

Giró por la entrada del hospital, aliviada de estar ya allí. Si Rebecca continuaba insistiendo, Aimee terminaría contándole la historia al completo
del cambio que se había producido en sus circunstancias de vida, algo que estaba empeñada en no
contar.

–Voy a pararme un momento delante de la puerta
A –le dijo a Rebecca–. Sacamos a Bonnie del coche,
y entonces yo voy a aparcar mientras tú entras con
ella, si no te importa.

–Está bien. Pero yo no...

–Rebecca, tengo razones para lo que he hecho
–dijo con firmeza–. No lo he decidido a la ligera, no
lo creas. Pero es algo privado. Y me ha dolido mucho... Ha sido tan duro para mí como para tu padre.
¿Por favor, podríamos dejarlo ahí?

En urgencias había bastante gente, pero la enfermera que estaba de guardia colocó a Bonnie de las
primeras, y pronto la metieron en un cubículo,
donde otra enfermera volvió a introducirle el tubo.

Aunque solo llevó un minuto o dos, no fue fácil
presenciarlo, y cuando terminaron de colocárselo,
Aimee tenía los ojos llenos de lágrimas. Bonnie for-
cejeaba y le daban arcadas, y continuó llorando incluso después de que se lo hubieran fijado con esparadrapo a la cara.

¡Maldito esparadrapo! A la pobre Bonnie le estaba irritando la piel, que estaba roja y áspera.

Pero la cosa no terminó ahí. Seguidamente se llevaron a Bonnie para hacerle una radiografía y comprobar si el tubo estaba correctamente colocado, de modo que el extremo no le irritara la zona operada.

–Malas noticias –les informó la enfermera cuando volvió de hacer la radiografía–. No lo he colocado bien esta vez. Lo siento.

Se lo volvió a colocar, y Bonnie pareció soportarlo mejor que la primera vez. Cuando Rebecca y Aimee pudieron por fin llevarse a la niña al coche, ambas estaban tensas y agotadas.

–Parece que no le gustan demasiado los tubos, ¿no?

–Eso le pasa a la mayoría de los bebés, sobre todo cuando empiezan a ser más mayores y a darse más cuenta –contestó Rebecca–. ¿Les han dicho ya a Sarah y a Jason cuándo podrán quitárselo?

–No lo creo. Supongo que dependerá del peso que gane y de lo bien que aprenda a mamar.

–De eso, y de lo que le afecte el reflujo –acordó Rebecca.

Aimee sintió que los ojos se le llenaban de lágrimas.

–Es tan difícil –dijo–. Jamás he pasado nada así con un bebé. Ellos dos lo están llevando tan bien, y en cuanto a Bonnie, ya es una heroína...

Bonnie se durmió en el coche al poco de arrancar, cansada de tanto llorar, y cuando llegaron a Summer Hill las dos mujeres agarraron el capazo del coche cada una de un lado y subieron las escaleras hasta el segundo piso sin que la niña se despertara. La cooperación que esa noche se estaba dando entre las dos mujeres fue como un bálsamo para el alma de Aimee.

Una vez arriba, le dijo a Rebecca en voz baja:

—La dejamos en la silla del coche, ¿no? ¿O la ponemos en mi cama? Está tan dormida que no quiero mudarla al moisés.

—Te ayudaré a conectar otra vez la máquina de bombear.

—Jason me lo ha apuntado todo. Muchísimas gracias por acompañarme al hospital.

—No hay de qué, Aimee —dijo Rebecca, y de nuevo Aimee experimentó una sensación de paz y confianza entre ellas dos.

En el dormitorio de Aimee, dejaron a Bonnie sobre la cama y encendieron el aparato. La leche empezó fluir por el tubo. Mientras Aimee seguía observando el proceso con inquietud, se hizo a un lado sin mirar y le dio un codazo en la cara a Rebecca, que se había inclinado para mirar a la pequeña Bonnie.

—¡Oh, Dios mío! ¡Cuánto lo siento!

Rebecca se había incorporado y se llevó la palma de la mano a la mejilla, donde estaba claro que le había hecho daño.

—No pasa nada —consiguió decir—. Aquí no hay sitio ni para estirar un brazo —soltó de repente—. ¿Por qué no has alquilado una casa más grande?

Como Rebecca, Aimee estaba demasiado distraída y cansada como para pensar antes de hablar.

—Sí. Hubiera estado bien de haber podido permitírmelo —dijo rotundamente.

Antes de que Rebecca pudiera contestar, sonó el

teléfono. Era Sarah, que estaba impaciente y preocupada.

–Esta es la cuarta vez que llamo, mamá, pero no contestabas. Estábamos histéricos ya.

Aimee le explicó con mucha paciencia la historia, y por qué no había querido avisarlos.

Finalmente Sarah concedió:

–Me estaba temiendo que lo hiciera de un momento a otro, con todo lo que mueve los brazos y la fuerza con la que agarra todo lo que pilla. Sé que no es culpa tuya, mamá, pero siento no haber estado ahí cuando ha pasado. Oh, Dios mío, estoy temblando.

–Salid a cenar –dijo Aimee en tono tranquilizador–. Ahora está profundamente dormida, y el alimentador va bien. ¡Sé que queríais pintarle la habitación, y está bien que lo hayáis hecho, pero esa no era la única prioridad, y sabes que necesitáis un descanso!

Rebecca le hizo una señal a Aimee para indicarle que iba a marcharse.

Aimee le dio las gracias articulando para que le leyera los labios, y Rebecca salió por la puerta con expresión pensativa.

Eran casi las ocho y media y en el apartamento reinaba un gran silencio.

Aimee se dio cuenta de que tenía hambre. Sabiendo que el bebé podría despertarse en cualquier momento, se preparó rápidamente una tortilla de jamón y queso, y se la comió con unas tostadas con mantequilla, una ensalada y una taza de té.

Entonces fue de puntillas al dormitorio y se pasó quince minutos admirando con amor a la pequeña Bonnie Louise. Mientras lo hacía, dejó volar la imaginación, hasta que se puso a pensar que, tal y como estaban las cosas, no tenía ni idea de si acabaría yendo con Marshall a la boda de Marianne Deutsch-kron de la tarde siguiente.

Aparentemente, el mismo Marshall estaba en un estado de incertidumbre similar. La llamó a las nueve de la mañana del día siguiente, y notó algo en su tono de voz y en sus modales, una combinación de autoridad, ternura y confianza, que no había oído desde primeros de agosto.

—Me alegro tanto de que vayas a venir después de todo, Aimee.

—Sí... yo también me alegro.

—Rebecca me contó que Bonnie se sacó el tubo anoche.

—Oh, fue horrible. Menos mal que estaba allí. Ya le di las gracias por ayudarme y por venir al hospital conmigo, pero cuando vuelvas a hablar con ella...

—No hace falta que le dé otra vez las gracias —dijo con firmeza—. Era lo menos que podía haber hecho. Anoche estuvimos charlando largo y tendido.

—¿Ah, sí? —respondió automáticamente.

—Bueno, te recogeré a las dos y veinte, ¿de acuerdo? —continuó—. La boda es en Seaforth House, en Randwick, a las tres.

—Estaré lista.

Y lo estuvo. Lista y nerviosa, y consciente de que su vestido estaba anticuado, pues tenía ya seis años. Pero no había podido permitirse uno nuevo, ni a nivel económico ni a otro nivel más personal. Cuando Marshall apareció a la puerta, Aimee estaba ya arrepintiéndose de haber aceptado su invitación.

Tenía un aspecto de lo más distinguido con su traje color gris marengo, su camisa de un blanco inmaculado y la elegante corbata de discreto dibujo. El suave color gris de la seda hacía juego con el color del vestido de Aimee, y habrían sido una pareja con mucho estilo de haber sido pareja de verdad.

Él casi se comportó como si así fuera, y eso la turbó. Aunque no la besó a la puerta, ni tampoco la tocó, había en su mirada aquel ardor inequívoco, y en su persona un aire sensual y vibrante. No hubo necesidad de que le dijera con palabras que estaba guapa, pues lo llevaba escrito en la cara.

¿Qué le habría ocurrido en las últimas veinticuatro horas?

–Vayámonos...

–Sí –pronunció Aimee con debilidad, y él notó que le faltaba el aire.

La boda fue todo lo que Hilde Deutschkron habría esperado para colmar sus últimos meses de vida. Seaforth House era una elegante mansión, recientemente renovada y trasformada en un lujoso restaurante para celebrar acontecimientos de aquel tipo, y con unos cuidados jardines donde los ciento cincuenta invitados pudieron moverse a sus anchas.

La ceremonia, oficiada por un funcionario de matrimonios civiles, fue romántica y bien planeada, una mezcla de votos tradicionales y poesía clásica pronunciados por el celebrante y los novios, y bonitas canciones interpretadas por una amiga de la novia.

Marianne estaba preciosa con un traje de corte

recto en seda color marfil hasta el tobillo. Llevaba un ramo de rosas rojas y el cabello negro recogido en un moño de estilo griego. Jonathan miraba a la novia maravillado, y Hilde sonrió de felicidad durante toda la ceremonia mientras las lágrimas le rodaban por las mejillas, estropeándole el maquillaje.

Aimee también lloró, y Marshall se burló de ella en voz baja cuando la ceremonia tocaba a su fin.

–Sí –resopló mientras sonreía–. Deberías haberme visto en la boda de Sarah y Jason. De verdad, no puedes imaginar lo bien que se siente una. Es una de las ventajas de ser mujer, que una puede...

–Incluso es algo que se espera de una mujer –sugirió.

–Sí –concedió–, se espera que llore en las bodas.

–¿Quieres que te acompañe fuera para recuperarte? Hay un descanso para los invitados mientras la familia se hace las fotografías.

–Iré primero a retocarme al lavabo de señoras –dijo–. Después, por favor, acompáñame fuera. Me encantaría ver esos maravillosos jardines.

Sin darse cuenta, sus palabras se vieron impregnadas de un tono melancólico. Echaba de menos el jardín de Wollahra.

Marshall estaba esperándola junto a la puerta cristalera del jardín cuando salió del lavabo, con los ojos perfectamente maquillados ya.

–Aún estoy intrigado con tus lágrimas –le dijo Marshall mientras bajaban los escalones de pizarra y después avanzaban por un camino de grava bordeado de rosales en flor.

–¡No me hagas empezar otra vez! –Aimee se echó a reír, intentando ignorar la emoción que aún sentía.

–No lo haré –prometió–. Pero dime si lo he dicho bien. ¿Es por la solemnidad del acto? ¿Por el compromiso público que han hecho? ¿Por su religiosidad?

–Por todo ello –concedió–. Y por su belleza. Por el amor que implica. Por la inocencia del coraje de los contrayentes.

–¿Te estás preguntando si de verdad entienden lo que significa «en lo malo»? –le preguntó en voz baja.

–Sí.

–Es mucho mejor afrontar los problemas en compañía, ¿no te parece, Aimee? –dijo con voz vibrante y sentida.

Habían alcanzado una zona apartada del jardín, un área cubierta de losas de pizarra donde había una mesa de hierro forjado pintada en blanco y varias sillas a juego; un claro oculto a la casa y al resto del jardín por unos espesos arbustos de flores moradas y fucsias.

–No siempre –le contestó–. No siempre, Marshall.

Se acercó a ella y le tomó las manos, y Aimee se dio cuenta de todo perfectamente. En primer lugar, de que la había llevado deliberadamente hasta aquel lugar por su intimidad. Y en segundo lugar porque ya sabía, o había adivinado, en parte la razón que la había empujado a rechazarlo tres meses atrás.

–Creo que te equivocas –dijo él.

Marshall le deslizó suavemente las manos por los brazos, despertando a su paso un sinfín de sensaciones. Él la miraba a los ojos con seriedad y curiosidad, con confianza y determinación, todo al mismo tiempo.

—Tú no lo sabes —protestó Aimee débilmente—. No puedes.

—No, no puedo —concedió—. No todo. Pero tiene que ver con el dinero, ¿verdad? Con tu situación financiera.

—No es algo que yo...

—Todo iba bien —continuó, ignorando su intento de interrumpirlo—. Iba muy bien —repitió—. Lo que ambos sentíamos era algo fuerte, positivo; pero entonces recibiste una mala noticia. Me di cuenta desde ese sábado después de dormir juntos, cuando me llamaste y me dijiste que no podíamos vernos durante el fin de semana. Parecía como si te hubieran dado un golpe, sí. Lo noté, pero esperaba que finalmente me lo contaras y que me dejaras estar a tu lado para ayudarte. Al principio pensé que era por Sarah y el bebé. Entonces cortaste conmigo del todo y eso me dolió tanto que pasé una temporada muy mala en la que no fui capaz de pensar.

—¡Oh, Marsh... !

—¡Una temporada muy larga! ¡Dímelo, Aimee! Debías dinero, o te habías endeudado de algún modo. Tuviste que vender tu casa. Rebecca me dijo que tu piso nuevo, aunque lo tienes bien arreglado, no es exactamente muy grande.

—No, es bastante pequeño.

Eso era todo lo que se atrevía a decir.

—¿Pero por qué pensaste que importaba? No voy a seguir permitiendo que el dinero se interponga entre lo que sentimos, y si eso es tan malo como lo que vamos a prometer compartir cuando nos casemos y hagamos los votos delante de nuestros seres queridos...

Las palabras lo abandonaron y emitió un quejido mientras la agarraba de la cara y tiraba de ella con impaciencia. Aimee soltó una exclamación entrecortada al sentir sus labios besándola. Lo hizo con tanta pasión que ella no pudo menos que responder con la misma intensidad.

–¿Casarme contigo? –susurró Aimee sin aliento, pasados unos momentos–. ¡No puedo casarme contigo! –gimió con voz temblorosa.

–Puedes, y lo harás, a no ser que haya algo que nos lo impida. ¿Hay algo, Aimee?

–No. ¡Bueno, sí! No es solo el dinero. Es... ¡Oh, esto es imposible!

–No lo es –dijo, y su repentina calma fue como una balsa de madera en un mar embravecido–. Al contrario. En realidad está lleno de posibilidades. Al menos ahora me estás dejando responderte, hablar contigo. Tómate tu tiempo, Aimee, por favor, y háblame, te lo ruego. Podemos pasear. O nos podemos marchar si quieres; no nos van a echar en falta.

–No quiero marcharme. Ni pasear. Este lugar es...

–Muy privado –terminó de decir por ella.

Aimee se sentó y él hizo lo mismo frente a ella.

–¡Habla, Aimee, por favor! –Marshall le ordenó de nuevo, sin dejar de acariciarle las manos y los dedos.

–Marshall, estoy arruinada.

–Ya empiezo a entender.

–Pero no tengo deudas –Aimee levantó la cabeza y sintió orgullo, aunque solo fuera por eso.

Poco a poco Aimee le fue contando todos los secretos que había guardado en su corazón, para proteger a todos, a su hermano, a sus hijos, e incluso a los hijos de Marshall.

–¿Y qué tiene que ver todo esto con Rebecca y Simon?

–Está tu herencia –contestó–. Todo el mundo en el consultorio lo sabe. El dinero de tu suegro. Hace tiempo que me enteré. También hace tiempo que sé lo que sentía Rebecca, cómo desconfiaba de mí. No soy una cazafortunas, Marshall.

–¡Santo cielo, por supuesto que no!

–Pero sobre todo y más importante, en todos mis años de matrimonio con Alan dependí de él económicamente, entiendes. Y no es una posición en la que quiera volver a estar.

–¡Oh, Aimee! –exclamó en tono dolido–. ¿Y no has compartido esto con nadie?

–¿Qué más podría haber hecho? –preguntó en voz alta–. Para empezar, de habérselo contado a Sarah y los niños no me habrían dejado vender la casa, y lo necesitaban más que yo. Sobre todo Sarah. Si tc lo hubiera contado a ti, me lo habrías discutido. ¿O no? –sacudió las manos y la cabeza con nerviosismo–. Incluso ahora...

–No voy a discutirte nada –dijo en voz baja–. No sin antes dejarte claras unas cuantas cosas.

–¿Qué cosas?

–En primer lugar, que el dinero que heredé del padre de Joy ya está en manos de Rebecca y Simon. Todo. Nunca tuve la intención de quedármelo. En segundo lugar, la hostilidad de Rebecca hacia ti nada tenía que ver con que ella pensara que ibas a usurparle la herencia. Te pido que disculpes el apasionado y equivocado comportamiento de mi hija... –sonrió ligeramente–, pero debes saber que todo era con buena intención. Me quiere demasiado, y solo tuvo miedo de que me hicieras daño, que me lo hiciste. Me has hecho daño –dijo con un hilo de voz–. Tanto daño...

–No más de lo que me he hecho a mí misma –susurró Aimee–. No pienses que no he sufrido yo también.

Permaneció en silencio un buen rato.

–¿Estoy luchando contra el fantasma de Alan? –dijo finalmente–. ¿Fuiste muy infeliz con él?

–No –contestó sin dudarlo–. No fui infeliz. Es que nunca... –buscó las palabras adecuadas–. Es que nunca me consideraba como una persona adulta. Era un hombre de la generación de sus padres en muchas cosas, y sus padres eran estrictos, anticuados. Él tenía buenas intenciones. Me quería, y yo a él.

–¿Entonces podemos dejar a Alan al margen de esto? –preguntó Marshall–. ¿Dime, alguna vez me has visto tratarte como a una niña? ¿Y tienes aún que demostrarte algo más a ti misma para convencerte? ¡Desde luego a mí no tienes por qué demostrarme nada más! Mira lo bien que has sobrellevado los cambios que se han producido en tu vida en los últimos meses. Lo bien que has montado ese pequeño apartamento en tan poco tiempo, o cómo has respondido a las necesidades de Sarah. Deseo tanto como tú contemplar nuestro matrimonio... –se interrumpió y le acarició las manos con mayor intensidad–. ¿Era ese tu sueño hace seis meses, antes de que surgieran todos esos contratiempos? ¿No te hubiera gustado?

–¡Sí! –reconoció–. ¡Oh, sí, Marshall!

–Y quiero que entremos en el matrimonio como iguales tanto como tú. Pero de haber sabido hace tres meses que era el dinero lo que se interponía entre nosotros, podríamos habernos ahorrado todo el dolor y las dudas. ¿Quieres casarte conmigo, Aimee Hilliard?

Su mirada la traspasó y Aimee sintió su impaciencia, la fuerza de su voluntad y su necesidad, y también el miedo de que sus palabras de confianza y su amor no hubieran sido suficientes para ella.

Entonces Aimee pensó en lo que acababa de decir Marshall, y finalmente halló la respuesta.

–¡No te arrepientas del tiempo que hemos perdido! ¡Por favor, Marshall! Me hacía falta. Me hicieron falta las malas noticias, y los cambios, y la tarea de afrontarlos por mí misma. Porque ahora, por fin, puedo decirte que sí, mi querido amor, cariño mío. Soy más fuerte de lo que era entonces. Me he demostrado algo importante a mí misma. Ahora tengo más tiempo para dar, y mi mayor deseo es dártelo a ti.

–Entonces dámelo ahora, por favor –le susurró al oído con impaciencia–, porque no puedo esperar más tiempo. ¡Dime que sí... por favor!

–Sí, oh, sí, Marshall, de todo corazón.

Epílogo

RECUÉRDAME de nuevo qué es lo que les pasa a las mujeres en las bodas –Marshall le pidió en voz baja a su recién estrenada esposa, mientras de mala gana apartaba los labios de los suyos y ambos se volvían hacia el pequeño grupo de familiares y amigos que habían sido invitados a ser testigos de la sencilla ceremonia.

Vio al menos a tres mujeres llorosas y sonrientes al mismo tiempo entre las caras femeninas.

Estaba Rebecca con su marido Harry, que tenía en brazos a su pequeño de tres meses, Jack. También estaba Sarah con su hija en brazos, una alegre Bonnie de ocho meses de la que nadie hubiera dicho que había tenido tantos problemas al nacer. Aún sufría reflujo, pero seguía tomando pecho y estaba empezando a mostrar un tardío interés por la comida sólida. Junto a Sarah estaba Jason, feliz y avergonzado con las lágrimas de su esposa.

También estaba la doctora Grace Gaines del brazo de su marido, con ojos llorosos mientras revivía el día de su boda. Su pequeña Hannah Margaret, de tan solo dos semanas de vida, estaba dormida en una mochila que Marcus llevaba colgada por delante.

Simon, el hijo de Marshall, había ido desde Estados Unidos con su novia Julianne, e incluso esta tenía los ojos sospechosamente brillantes.

—¿Y qué me dices de los hombres en las bodas? —se burló Aimee—. Yo veo a tres maridos felizmente casados aflojándose el nudo de la corbata.

—¿Solo ves a tres maridos felizmente casados?

—Y a uno recién casado —corrigió Aimee—. Es demasiado pronto para decir si está feliz o no.

—Oh, lo está —le susurró Marshall—. Está que estalla de tanta felicidad. Por eso tengo este nudo en la garganta, y de ahí que me apriete la camisa y también la corbata.

Toda la gente se adelantó a felicitarlos. El día del mes de junio estaba tornándose dorado a medida que el sol iba descendiendo tras los árboles del nuevo jardín de Marshall y Aimee. Aunque estaban a las puertas del invierno, la naturaleza les había regalado un día soleado, y la brisa del mar resultaba refrescante.

El océano estaba a tan solo unos cientos de metros del jardín, como hermoso telón de fondo de la ceremonia al aire libre y de la casa recientemente renovada, razón por la cual habían esperado esos siete meses para darse el sí.

Marshall había renunciado a su puesto en el centro de salud de Sidney y juntos habían elegido la pequeña ciudad costera de Milperra, a un par de horas de distancia de Sidney, para establecer allí su nuevo hogar. Hacía diez años que no tenían un médico residente allí, de modo que habían tenido que empezar desde cero. Habían encontrado una vieja y enorme casa de campo que habían dividido en dos: una parte para el consultorio, y la otra para su vivienda particular.

Había sido mucho trabajo. Habían tenido que tomar muchas decisiones, y consultar muchos planos. La mayor parte del trabajo lo habían hecho constructores profesionales, pero ellos le habían dado los últimos retoques y habían trabajado el jardín ellos solos. Cuando volvieran de su luna de miel en el espacio de dos semanas, abrirían el consultorio.

Como solo habría un médico allí, Aimee haría de enfermera y recepcionista, y tuvo que ponerse un poco al día en lo último.

Marshall había vendido la casa grande de Sidney, y los cambios y decisiones que habían tomado juntos ya habían establecido entre ellos una base de igualdad en su relación, borrando de un plumazo las últimas dudas que a Aimee pudieran haberle quedado en los temas de dinero e independencia.

Rebecca fue la primera en felicitarlos, con lágrimas en los ojos.

—Estoy tan contenta por los dos —le susurró a Aimee—. Jamás he visto a papá tan feliz. Gracias por hacerlo posible, Aimee.

Entonces se volvió y abrazó a su padre con fuerza.

Después le tocó el turno a Sarah de abrazar a su madre.

—Estás preciosa, mamá —dijo mientras la abrazaba con entusiasmo—. Y has hablado con tanta serenidad. ¿Recuerdas cómo me equivoqué yo el día de mi boda?

—¿Cómo iba a olvidarlo si te pasaste todo un mes después obsesionada?

—En serio...

—En serio, estoy demasiado feliz y demasiado segura de todo esto como para estar nerviosa.

–Lo sé, y estoy tan orgullosa de ti, mamá. Mereces todo esto, y por fin tendré una hermana, y una familia política de médicos, y un compañero de juegos para Bonnie cuando el niño de Rebecca sea mayor –se limpió las lágrimas de nuevo, y Marshall y Aimee se sonrieron.

–En más de una ocasión me dijiste que una de las cosas imposibles del amor a nuestra edad era ser capaces de tener en cuenta las necesidades de tantas personas. Bueno, pues hoy están todas aquí, y por su aspecto cualquier persona diría que lo hemos hecho por ellos.

Ella se echó a reír y le dio la razón asintiendo con la cabeza.

–Podríamos haberlo hecho por ellos –dijo–, pero no fue así. Al final, y después de todas mis dudas, lo hicimos por nosotros, y esa era la única razón que necesitaba.

Marshall no se molestó en expresar su coincidencia en palabras. En lugar de eso, lo hizo con la luz del amor reflejada en su mirada, y con su beso, el primero de muchos, como marido y mujer, en los años venideros.

Bianca®...
la seducción y
fascinación del romance

No te pierdas las emociones que te
brindan los títulos de Harlequin® Bianca®.

¡Pídelos ya! Y recibe un descuento especial por la orden de dos o más títulos.

HB#33547	UNA PAREJA DE TRES	$3.50 ☐
HB#33549	LA NOVIA DEL SÁBADO	$3.50 ☐
HB#33550	MENSAJE DE AMOR	$3.50 ☐
HB#33553	MÁS QUE AMANTE	$3.50 ☐
HB#33555	EN EL DÍA DE LOS ENAMORADOS	$3.50 ☐

(cantidades disponibles limitadas en algunos títulos)

CANTIDAD TOTAL	$ _____
DESCUENTO: 10% PARA 2 Ó MÁS TÍTULOS	$ _____
GASTOS DE CORREOS Y MANIPULACIÓN	$ _____
(1$ por 1 libro, 50 centavos por cada libro adicional)	
IMPUESTOS*	$ _____
TOTAL A PAGAR	$ _____
(Cheque o money order—rogamos no enviar dinero en efectivo)	

Para hacer el pedido, rellene y envíe este impreso con su nombre, dirección y zip code junto con un cheque o money order por el importe total arriba mencionado, a nombre de Harlequin Bianca, 3010 Walden Avenue, P.O. Box 9077, Buffalo, NY 14269-9047.

Nombre: _____

Dirección: _____ Ciudad: _____

Estado: _____ Zip Code: _____

Nº de cuenta (si fuera necesario): _____

*Los residentes en Nueva York deben añadir los impuestos locales.

Harlequin Bianca®

CBBIA

Talbot McCarthy era un hombre sexy, un empresario de éxito y el único capaz de desatar la pasión de Elizabeth. Pero, por desgracia, también era el hermano de su ex marido. Se sentía tan atraída por Talbot que, durante nueve años, Elizabeth había evitado a toda costa encontrarse a solas con él. Pero cuando su hijo desapareció y Talbot le ofreció su avión privado para llevarlo de vuelta a casa, no le quedó más remedio que enfrentarse cara a cara con la tentación.

Había conseguido ser fuerte hasta que un accidente con el avión los dejó indefensos en mitad de un bosque. A la luz de la hoguera, Talbot le parecía más irresistible que nunca y su mirada más penetrante. Perdidos y solos, Elizabeth no podía dejar de pensar cómo podría no sucumbir a la tentación...

En sus brazos

Carla Cassidy

Primero fue la bella Lydia Kerr la que llamó a la puerta de su rancho para pedirle ayuda. La espontánea sensualidad de aquella misteriosa joven hizo que Evan Powel no pudiera resistir la tentación de acercarse a ella cada vez más... Aunque había prometido no volver a dejarse engañar por un falsa promesa de amor.

Después una segunda maravilla apareció en su puerta: ¡un precioso bebé abandonado! La simple visión de Lydia acunando al niño hacía que el corazón de Evan latiera de un modo totalmente nuevo para él...

El amor llamaba a su puerta y no se iba a marchar hasta que él abriera su corazón.

PÍDELO EN TU PUNTO DE VENTA